国际大奖小说
林格伦纪念奖
法国科欧诺儿童文学奖

咖啡馆里的神秘导师

[法]西尔维娅·雅维伊 / 著
[比]凯蒂·克劳泽 / 绘
黄凌霞 / 译

SPINOZA ET MOI

天津出版传媒集团
新蕾出版社

图书在版编目（CIP）数据

咖啡馆里的神秘导师 /（法）西尔维娅·雅维伊著；（比）凯蒂·克劳泽绘；黄凌霞译. -- 天津：新蕾出版社，2021.9（2024.5 重印）
（国际大奖小说）
ISBN 978-7-5307-7235-5

Ⅰ.①咖… Ⅱ.①西… ②凯… ③黄… Ⅲ.①儿童小说-中篇小说-法国-现代 Ⅳ.①I565.84

中国版本图书馆 CIP 数据核字(2021)第 130675 号

Title: Spinoza et Moi
Authors: Text by Sylvaine Jaoui, Illustrations by Kitty Crowther
Original French edition and artwork © Casterman 2011
Simplified Chinese translation copyright © 2021 by New Buds Publishing House (Tianjin) Limited Company
This copy in Simplified Chinese can only be distributed and sold in PR China, no rights in Taiwan, Hong Kong and Macau
ALL RIGHTS RESERVED
津图登字：02-2019-396

书　　名	咖啡馆里的神秘导师　KAFEI GUAN LI DE SHENMI DAOSHI
出版发行	天津出版传媒集团 新蕾出版社 http://www.newbuds.com.cn
地　　址	天津市和平区西康路 35 号(300051)
出 版 人	马玉秀
电　　话	总编办(022)23332422 　　　发行部(022)23332351　23332679
传　　真	(022)23332422
经　　销	全国新华书店
印　　刷	天津新华印务有限公司
开　　本	880mm×1230mm　1/32
字　　数	28 千字
印　　数	28 001—36 000
印　　张	4
版　　次	2021 年 9 月第 1 版　2024 年 5 月第 5 次印刷
定　　价	22.00 元

著作权所有，请勿擅用本书制作各类出版物，违者必究。
如发现印、装质量问题，影响阅读，请与本社发行部联系调换。
地址：天津市和平区西康路 35 号
电话:(022)23332677　邮编:300051

一辈子的书

◎ 梅子涵

◆亲近文学◆

　　一个希望优秀的人,是应该亲近文学的。亲近文学的方式当然就是阅读。阅读那些经典和杰作,在故事和语言间得到和世俗不一样的气息,优雅的心情和感觉在这同时也就滋生出来;还有很多的智慧和见解,是你在受教育的课堂上和别的书里难以如此生动和有趣地看见的。慢慢地,慢慢地,这阅读就使你有了格调,有了不平庸的眼睛。其实谁不知道,十有八九你是不可能成为一个文学家的,而是当了电脑工程师、建筑设计师……可是亲近文学怎么就是为了要成为文学家,成为一个写小说的人呢?文学是抚摸所有人的灵魂的,如果真有一种叫作"灵魂"的东西的话。文学是这样的一盏灯,只要你亲近过它,那么不管你是在怎样的境遇里,每天从事怎样的职业和怎样地操持,是设计房子还是打制家具,它都会无声无息地照亮你,使你可能为一个城市、一个家庭的房间又添置了经典,添置了可以供世代的人去欣赏和享受的美,而不是才过了几年,人们已经在说,哎哟,好难看哟!

谁会不想要这样的一盏灯呢?

◆阅读优秀◆

文学是很丰富的,各种各样。但是它又的确分成优秀和平庸。我们哪怕可以活上三百岁,有很充裕的时间,还是有理由只阅读优秀的,而拒绝平庸的。所以一代一代年长的人总是劝说年轻的人:"阅读经典!"这是他们的前人告诉他们的,他们也有了深切的体会,所以再来告诉他们的后代。

这是人类的生命关怀。

美国诗人惠特曼有一首诗:《有一个孩子向前走去》。诗里说:

有一个孩子每天向前走去,

他看见最初的东西,他就变成那东西,

那东西就变成了他的一部分……

如果是早开的紫丁香,那么它会变成这个孩子的一部分;如果是杂乱的野草,那么它也会变成这个孩子的一部分。

我们都想看见一个孩子一步步地走进经典里去,走进优秀。

优秀和经典的书,不是只有那些很久年代以前的才是,只是安徒生,只是托尔斯泰,只是鲁迅;当代也有不少。只不过是我们不知道,所以没有告诉你;你的父母不知道,所以没有告诉你;你的老师可能也不知道,所以也没有告诉你。我们都已经看见了这种"不知道"所造成的阅读的稀少了。我们很焦急,所以我们总是非常热心地对你们说,它们在哪里,是什么书名,在哪儿可以买到。我就好想为你们开一张大书单,可以供你们去寻找、得到。像英国作家斯蒂文生写的那个李利一样,每天快要天黑的时候,他就拿着提灯和梯子走过来,在每一家的门口,把街灯点亮。我们也想当一个点灯的人,让你们在光亮中可以看见,看见那一本本被奇特地写出来的书,夜晚梦见里面的故事,白天的时候也必然想起和流连。一个孩子一天天地向前走去,长大了,很有知识,很有技能,还善良和有诗意,语言斯文……

同样是长大,那会多么不一样!

◆ 自己的书 ◆

优秀的文学书,也有不同。有很多是写给成年人的,也有专门写给孩子和青少年的。专门为孩子和青少年写文学书,不是从古就有的,而是历史不长。可是已经写出来的足以称得上琳琅和灿烂了。它可以算作是这二三百年来我们的文学里最值得炫耀的事情之一,几乎任何一本统计世纪文学成就的大书里都不会忘记写上这一笔,而且写上一个个具体的灿烂书名。

它们是我们自己的书。合乎年纪,合乎趣味,快活地笑或是严肃地思考,都是立在敬重我们生命的角度,不假冒天真,也不故意深刻。

它们是长大的人一生忘记不了的书,长大以后,他们才知道,原来这样的书,这些书里的故事和美妙,在长大之后读的文学书里再难遇见,可是因为他们读过了,所以没有遗憾。他们会这样劝说:"读一读吧,要不会遗憾的。"

我们不要像安徒生写的那棵小枞树,老急着长大,老以为自己已经长大,不理睬照射它的那么温暖的太阳光和充分的新鲜空气,连飞翔过去的小鸟,和早晨与晚间飘过去的红云也一点儿都不感兴趣,老想着我长大了,我长大了。

"请你跟我们一道享受你的生活吧!"太阳光说。

"请你在自由中享受你新鲜的青春吧!"空气说。

"请你尽情地阅读属于你的年龄的文学书吧!"梅子涵说。

现在的这些"国际大奖小说"就是这样的书。

它们真是非常好,读完了,放进你自己的书架,你永远也不会抽离的。

很多年后,你当父亲、母亲了,你会对儿子、女儿说:"读一读它们,我的孩子!"

你还会当爷爷、奶奶、外公和外婆,你会对孙辈们说:"读一读它们吧,我都珍藏了一辈子了!"

一辈子的书。

献给小福乐多,

为了让大家知道小时候是她藏起了我们的巧克力。

目 录

1. 妈妈、外婆和我……1
2. 马蒂亚斯的建议……13
3. 像只老鼠被抓住……27
4. 失去自由的奴隶……42
5. 落寞的失败者……53
6. 幸运降临……66
7. 努力奋斗的新篇章……78
8. 在苦役与成功之间……83
9. 真相大白……96
10. 手中的幸福……107

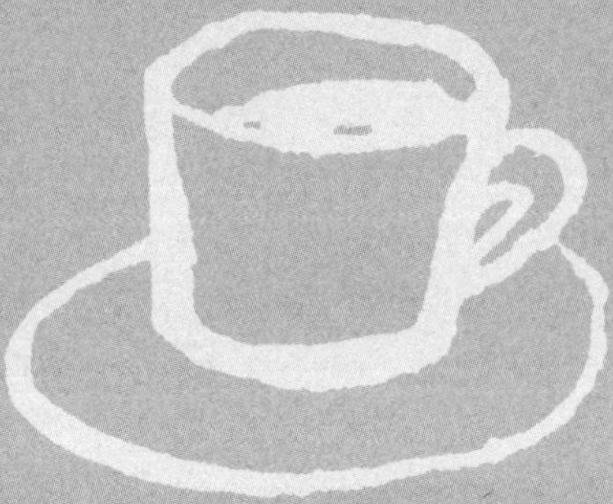

1. 妈妈、外婆和我

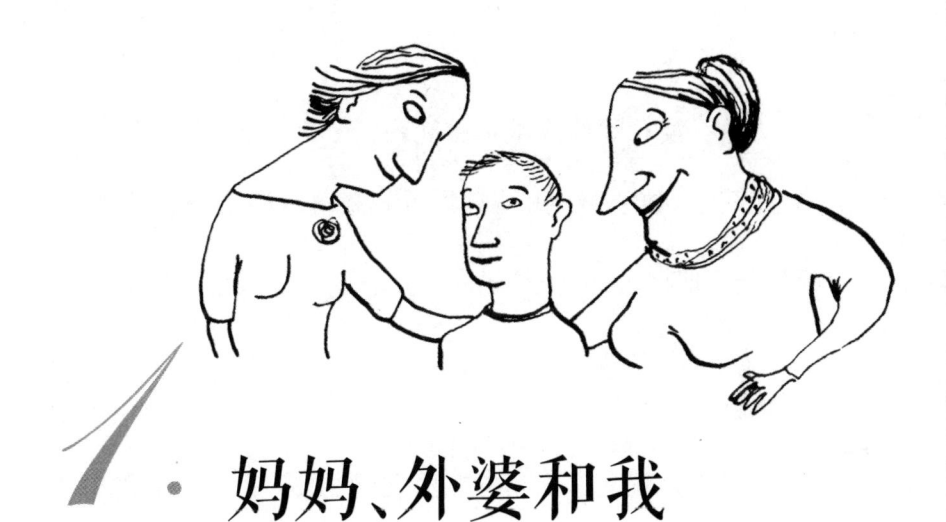

"她问你我晚上几点回家?"

"对呀。"

"你什么都没说?"

"没有。"

"你确定?"

"当然。"

"那晚餐呢?"

"什么晚餐?"

"她有没有问你我做不做晚餐?"

"问了,放心吧,我没有告诉她我每天晚上自己弄火腿片和薯条吃。"

"那她相信了?"

"是呀。"

唉,妈妈就是这么精神紧张,我快受不了了。外婆一来巴黎,她就坐立不安。在外婆来之前,她会化成一股清洁旋风席卷全屋,就连滴在地毯上的一丁点儿蜂蜜都不会放过。门上的指纹也被她擦得干干净净,她就像凶手清除作案痕迹一样仔细。还有冰箱,我都快认不出来了,里面塞满了新鲜的水果和水嫩的蔬菜,而火腿片、胡萝卜丝和塑料包装的格律耶尔干酪这些方便食品都没了踪影。只需几个小时,我家就从快餐店摇身一变成了四星级的高档餐厅。

实际上,家里仿佛回到了外婆还住在巴黎时的样子。

当然，会略有些差别。我还记得，当时我在读小学一年级，外婆总是在下午四点半到学校门口来接我，顺便给我带来一块小点心。我可以尽情地喝石榴汁，喝完再用湿手帕把手擦干净。回到家后，她会让我先看半个小时动画片，然后再开始做作业。我背诵课文的时候，她准备晚餐。我洗澡的时候，她就待在澡盆旁边，背对着我。她总是对我说："我听得到搓肥皂和擦身体的声音，就是不看我也知道你有没有认真洗澡。我知道你长大了，不想让人看到你的小鸡鸡。这很正常……"外婆就是这么好笑。

洗完澡，我们一起吃晚餐，外婆边吃边给我讲故事。不过，这些都是我小时候的事了，因为没多久我就开始一个人读侦探小说了。通常，我们晚上八点半熄灯时，妈妈才刚下班。她到家后会先亲亲我，然后再去吃饭。

这时，外婆就可以回自己家去了。这很方便，她就住在我们楼上的公寓里。那个时候她还没有退休，还在法国电信公司工作。不过，她一生的梦想是到塞特

港①去生活。她常对我说,到了六十岁,她就要搬去塞特港,住到她父母留给她的小房子里。

然而,外婆退休后仍然留在巴黎。因为那一年我读小学四年级,她怕她搬走会影响我的学业。可问题是,下一年我读五年级,她仍有同样的担忧。

终于,妈妈说外婆六月底就要搬去塞特港了。可外婆看起来并不开心。有一次,我在卧室里听到了她们的对话。

"妈妈,您辛苦工作了一辈子,又一个人把我养大,从没为自己考虑过。现在您已经退休两年,是该休息的时候了。"

"是,我知道,但谁来照顾萨沙呢?"

"他还有我这个妈妈呀!"

"你工作也很辛苦。"

"我能应付得来,大不了晚上早点儿下班回家。"

---

①法国南部城市,临近地中海。

"你可以吗?"

"当然可以。"

"你这样说是为了哄我走吗?"

"当然不是,我向您保证。以后,萨沙每个假期都会去看您的。您也知道,算下来他一年差不多有一半的时间都在放假。"

我想可能是这次对话说服了外婆。六月,我们就开始帮她打包行李。装满好几个箱子后,一辆卡车开来,将行李全部拉走了。那一刻,我还没有意识到外婆真的要搬走了。因为那时正值暑假,我和外婆一起去了塞特港。

但等到新学期开始,一切都糟透了。妈妈只在九月份刚开学的时候请了两个星期的假来陪我、接送我。之后,她一上班,我就又孤单一人了。我现在已经上中学[1]了,但整天不知所措:我在走廊里迷路,进错教室,总是拿错书,

---

[1] 法国的教育体制是小学五年,初中四年,高中三年。

也没有在课本里勾出作业,而且当我回到家时,家里一个人也没有……

就是在这段时间,我养成了看着电视等妈妈回家的习惯。因为电视至少能让家里有点儿声响。然而,我的学

习成绩一落千丈,老师给的评语是——令人担忧的一个学期。妈妈没有太责备我,但她让我什么都不要告诉外婆:"萨沙,最近几个月,你的生活有了很多变化——外婆搬走了,你进了中学。成绩没有以前好,这也是很正常的。所以,你不必告诉外婆。反正很快你就要开始第二个学期了,一切都会好起来的……"

我也希望如此,但不幸的是,事情变得更糟了——我可能要留级了。到了年底,结果出来——我要重读六年级。这下,不得不告诉外婆了。

不用说,悲剧上演。外婆决定立刻返回巴黎,但妈妈不同意。

"您不用回来,不能为了萨沙几次糟糕的成绩就又搬一次家,放弃自己的梦想。"

"这不是几次糟糕的成绩,而是留级!这很严重啊!"

"留级又没什么大不了,这样的事别人也会遇到呀!"

"哈！这就是一个现代母亲的反省……那你以前留过级吗？你读小学四年级那年,你爸爸去世,我白天要出去找工作,晚上还要急急忙忙赶回家,督促你做作业。"

"是这样的,然后呢？您想证明什么？证明我是一个不称职的母亲？"

"我可没有这么说。"

"对,但您就是这么想的。"

"你错了……"

"是呀,和您比,我总是错的！但我和您不同,我不想让自己的孩子见识短浅。我确实下班很晚,但这也是为了萨沙呀！为了当上市场部经理,我竭尽全力。因为这样,我就可以带萨沙去环游世界,让他看看金字塔、迦太基遗址和大本钟,让他能见识到我没有见过的一切。"

"我没钱带你去看,我很抱歉。"

"妈妈,我不是责怪您。您做了能做的一切,但我只是想让萨沙过上另外一种生活。"

说完，她们哭着互相道歉。

外婆和妈妈总是这样。她们吵起来时，你以为她们会反目成仇，但没过多久，不知为何，她们就又开始哭泣。接着就是长长的拥抱，并且互道"对不起，我不该这样说""不，是我的错，我总是多管闲事"之类的话。

每当这个时候，我只要跑回卧室等待暴风雨过去就好，反正她们争论的焦点都是我，等哭哭啼啼一结束，她们就会背着我和解，并且做出重大决定。

"萨沙不能总看电视。"

"他去参加汤姆的生日聚会前必须先把房间收拾好。"

"他的房间里不能装电话，我要把电话线拔了。"

"下午五点半之后不能再吃零食，否则他就吃不下晚餐了。"

这才是真正的暴风雨……

有时候我在想，如果我有一个爸爸，事情可能就不会这样。我们可以一起踢球，他可以给我讲解怎么用 Excel 软件制作表格，他会同意我直接在盒子里吃比萨饼，就算把油滴得到处都是也无所谓。

我最好的朋友汤姆跟我说，每星期三晚上，他妈妈一去上健身操课，就轮到他爸爸做晚餐。爸爸的饭总是很快

就做好：快餐店的芝士比萨饼、可乐、带山核桃仁儿的香草冰激凌。他们席地而坐，在装比萨饼的纸盒里直接就吃起来，一边吃，还能一边看电视。虽然食物残渣掉得到处都是，但他们只要在妈妈回来前的五分钟，把比萨饼盒扔进垃圾桶，把沾满油渍和番茄酱的T恤衫藏进洗衣篮，就能神不知鬼不觉……

汤姆讲完这个故事，一整天我们都在哈哈大笑，但夜晚来临，我一个人躺在床上便忍不住哭起来。从那以后，每个星期三的晚上，我都会热一张比萨饼，然后边吃边和想象中的爸爸聊天儿。我问了他很多我不敢问妈妈的问题，比如他叫什么，住在哪里，为什么让我和妈妈相依为命……以前，我问过外婆我的爸爸是谁，但她只是说："别再提起他了，你妈妈已经够辛苦了，你就别再给她添烦恼了。我们三个人一起生活不是很好吗？"

从那以后，我再也没有问过这样的问题。后来，我就在每个星期三晚上假想出一个爸爸，然后跟他讲述这一个星期发生的各种事。直到听见妈妈按门铃的声音，我才止住思绪，立刻打开电视机。

幸好这个小秘密没有人知道，不然他们一定会把我当成疯子的……

2. 马蒂亚斯的建议

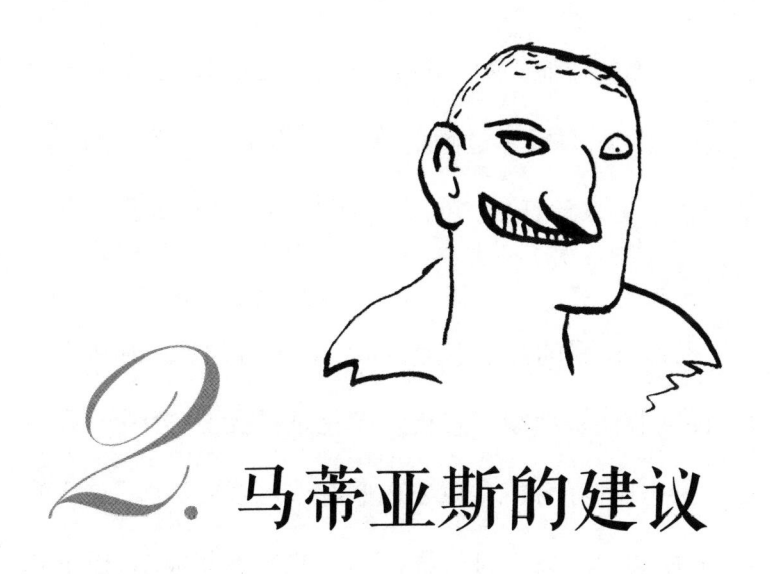

回过头来说说我留级的事吧,那可真是一个令人闻之叹息的悲剧。虽然,我已经向外婆发誓我会用功读书,但我的第二次六年级并未比第一次好到哪儿去。不过,无论如何我还是升入了七年级。

在讨论我是否还需要重读的会议上,我的数学老师好像是这么说的:"如果想让萨沙达到上七年级的水平,恐怕我们还得等上十几年;但如果你们只是想看到他上

七年级,那就让他去吧。当然,丑话说在前头,他肯定还会失败的。"唉,真没见过像他这么刻薄的人。评价一个人,至少要实事求是呀!好在,七年级一整个学年里我都没有再见过他。

七年级,我的数学老师换成了卡布尔太太。她从不骂我,即使我的成绩毫无起色。她总是对我说:"萨沙,我知道你是个聪明的孩子,只要你愿意,一定能成功。"这样的话,我听着总觉得太过轻描淡写。我当然想成功,但不知道为什么,我就是什么都学不好。

圣诞节假期的前一天,妈妈被班主任约谈。班主任吞吞吐吐地说:"太太,您儿子第一学期的成绩很差。如果再这样下去,我们只能让他离开了。"这真是绝好的圣诞礼物……妈妈垂头丧气地回到家,给我复述完她和班主任的对话,就爬到床上去了。妈妈伤心难过的时候,总是会爬上床,钻到羽绒被下,把头也蒙上。过不了一会儿,她就会红着双眼从被窝儿里钻出来。我不想看她这样难过。每

当这时，我多想走过去安慰她，让她振作起来，可我终究什么也没做。我只是等待这一切过去，等待妈妈重拾坚强，这样我就不用害怕了。

这个圣诞节，外婆和我们一起过，不用说，又是一场"灾难"。我必须虚构出一种生活，假装自己是个好学生，每晚认真完成作业，然后再和亲爱的妈妈共进晚餐。总而言之，我要像演情景喜剧那样，扮演一个不存在的人。不仅如此，从外婆来的第一天起，我还要随时准备接受她的盘问。

"萨沙，你的数学得了多少分？"

"13.25[①]。"

我们对大人说谎时，一定要提供尽可能多的细节。这样，他们就会抓住细节不放，从而忽略了主要问题。

"怎么还出现 0.25 分了？"

[①]法国的考试分数满分为 20 分。

哈，我说什么来着？他们绝对是这样。

"因为其中有一项家庭作业占比为1%。"

这招迷魂大法一出，任谁都不会再有疑问。毕竟，谁能想到一个孩子会这样说谎。

"法语成绩呢？"

哎呀！她要把我所有科目的成绩都问个遍，我快受不了了。

大人们呀，我太了解他们了，就像我自己也当过大人一样。他们很简单，也很烦人。真的，这样装模作样让我很累。其实，我更想向他们倾诉那些让我感到害怕的事，好让自己轻松一点儿，但这是不可能的。因为我怕一旦我表现出沮丧和不安，一切就会崩塌。所以，为了让所有人都能平静地生活，我只能继续演戏。

对于这个恼人的圣诞假期，我没有一丝留恋。假期结束后，我们又送外婆到了火车站，我敢说我和妈妈同时松了一口气。毕竟，要时刻扮演一个和自己反差很大的角

色,让我们都精疲力竭。

新学期,我还是与糟糕的成绩以及不愉快的回忆为伍。

对于做一个差生,我已经习以为常。刚开始,我还想努努力,但到后来,就破罐子破摔了。多一个零分少一个零分又有什么区别呢?而且,这样的我还能逗大家笑。如果你总是最后一名,大家就认为你理所当然每次都是最低分。你成了一个"低分英雄",而且还不断地"锦上添花"。于是,全班同学都拿你当笑柄。如果你有一次拿到10分以上,你还要表现得极为失望,并且给大家道歉,发誓自己不是故意要得高分。更棒的是,你因此有了一群好伙伴。班里的"大哥"以前总对你不理不睬,现在也向你投来了别样的目光。你不再是为人服务的小丑、老师们的传声筒,你真正成了班里的一员。课间休息的时候,你可以在卫生间里抽烟,像学校里的大人物似的。

就我而言，我的名声早已超越了班级的界限。

有一天，我在回家的路上遇到了几个比我大的九年级学生。他们挡住了我的路，一个叫马蒂亚斯的男生骑着小摩托车停在路中间。

马蒂亚斯是他们的头儿。他已经留级两次，身高至少一米八，每天都要刮胡子、抽烟，总是一副天不怕地不怕的样子。正因为这样，当听到他叫我名字时，我感到很骄傲。

他对我说："你就是大名鼎鼎的萨沙？"

我想咽一下口水，但此刻喉咙仿佛寂静干涸的深谷。我只好点点头。

"过来，我们聊聊。"

我没有后退。这个家伙能对我感兴趣，简直太棒了。他问了我很多家长里短的问题，比如和谁住在一起、妈妈晚上几点回家、她会不会打电话来确认我的行踪之类的。

"好吧，我明白了。萨沙，晚上七点你能出现在大街

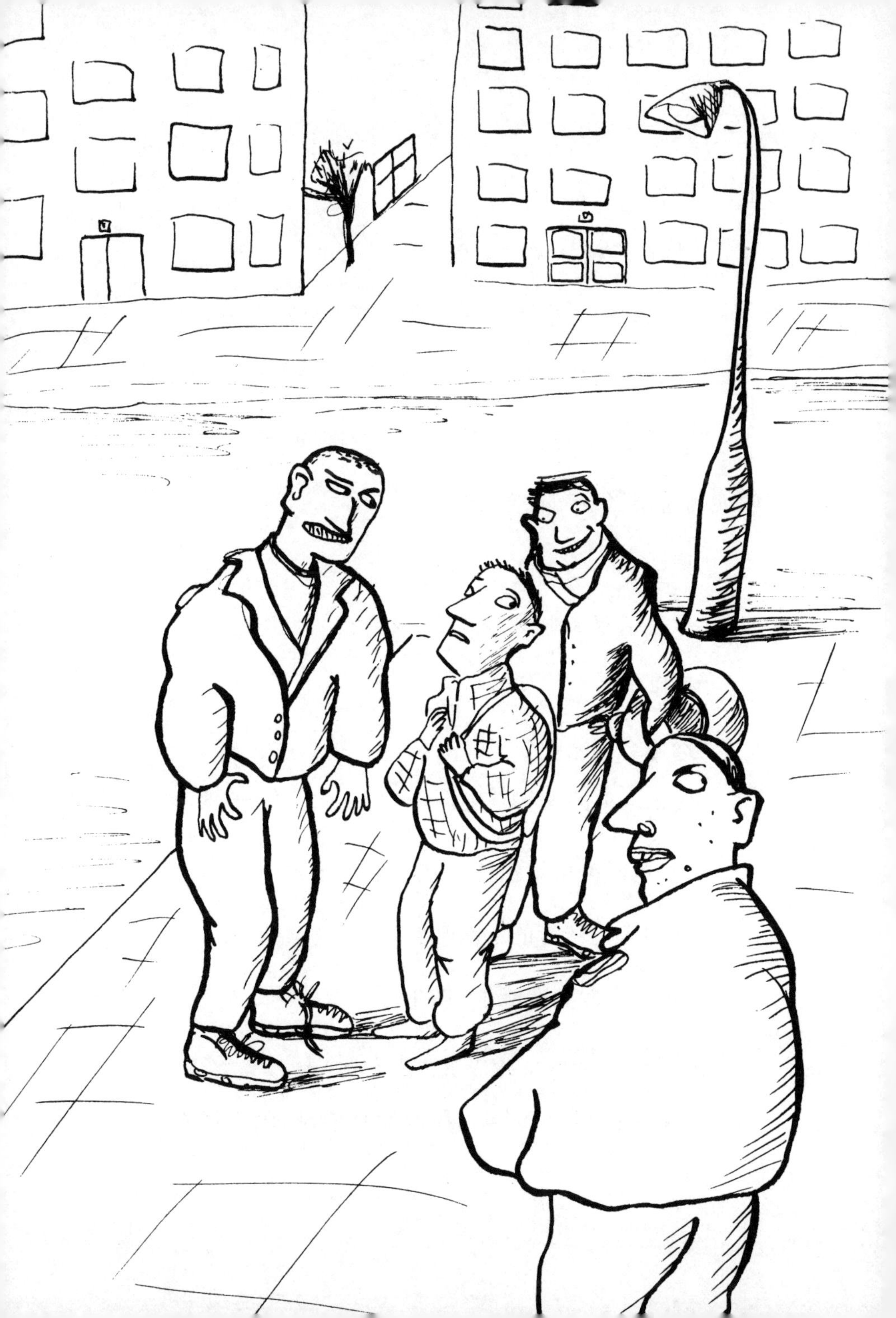

上,对吗?"

我故作轻松地说:"对呀。"

"那你对干点小活儿就能来钱有兴趣吗?"

"什么样的活儿?"

"回答错误。哥们儿,这儿只有我能问问题。你听到警哨能判断出警察的位置吗?"

"哦,不能。"

"你长了双大眼睛,可以望风吧?"

"可以。"

"你不会告密吧?"

"不会。"

马蒂亚斯粗鲁地抓住了我的羽绒服领子。

"你知道告密者的下场吧?"

他把食指放到喉咙前,做了一个威胁的手势。其他人都恶狠狠地瞪着我。我吓得差点儿晕倒。

他又说:"但是,对你,我倒没有顾虑,因为你看起来

胆子不大，而且我觉得你很机灵。"

很久没有人表扬过我了，而且这表扬还是来自我们巴尔扎克中学里人人都望而生畏的"大哥"——马蒂亚斯。他现在信任我了，而我也把恐惧抛到了脑后，我对他说："你可以相信我，我知道自己是谁，要到哪儿去，谁是我的好哥们儿。"

马蒂亚斯拍了一下我的肩膀："很好。那么你看……"

他正要跟我交代重要的事情，他的一个同伙跑到他耳边嘀咕了几句。他转过身去看了看，然后叫道："走，我们撤，不然又有人要找我们麻烦了。"

仅仅几秒钟，他们就消失了。当我回过神儿来时，我发现"酒吧男"就站在我面前。我并不知道他的真名，只是我们这里的人都这样叫他。因为他肌肉健硕、虎背熊腰，还是个秃顶，看起来很像混酒吧的那种人。听说他年轻时犯过罪、坐过牢，身上到处都是文身。好巧不巧，他就在我家对面开了一间咖啡馆，所以妈妈总是叫我放学回家时走另一边的人行道。

他一把抓住我的羽绒服领子。我真不明白今天怎么大家都喜欢这样摇晃我……

"听着,小坏蛋,"他在我耳边咆哮,"如果再让我看到你和那些小混混儿在一起,我就赏你一耳光!明白吗?现在,立刻滚回家去……"

我像只兔子一样仓皇逃跑,飞快地蹿上一级级台阶,忙不迭地打开家门上的三道锁后,一下子瘫倒在门厅里。

我正大口喘着气，电话铃突然响起。

"你好！"

"你好呀，我的萨沙，我是外婆。你还好吗，亲爱的？你正在吃东西，还是在做功课？"

我的外婆可真慈祥。学校里的混混儿头子才邀请我加入他们，我又刚从街上的"连环杀手"手中逃脱，此刻，她竟然问我下午茶吃的是巧克力爆米花还是小蛋糕。当然，这是因为她什么都不知道。

"我在做功课，外婆。我要勤奋刻苦才能得到您的表扬。"

有了这句话，我敢肯定她会放过我，因为这是她最希望听到的。然而，我自己也很喜欢这种被信任的感觉。其实我很希望外婆能听出我的弦外之音，但她没有……

"太好了，我的乖孩子，那我就不多说了。记得跟你妈妈说我打过电话来。"

"好的,外婆,吻您。再见。"

挂了电话,我拿出一盒巧克力派和一瓶可乐,走进了卧室。我躺在床上,听着音箱里传出的音乐。

这是一段说唱音乐,当把声音开得很大时,低音代替了我的心跳,有人吼出了我的愤怒,自我仿佛不存在了一般,我变成了自己的旁观者。

我就这样躺了几个小时,但还是没能使气泡重回中点。

"使气泡重回中点"是我创造的一个说法。这个说法源自外公留下的、我唯一记得的一件东西——"水平仪"。它是泥瓦匠专门用来检测墙体是否平直的工具。它的原理很简单,水平仪中有液体,液体中有一个气泡。当我们把水平仪平直放置时,气泡就会出现在正中间,稍有倾斜,气泡就会偏到一边。这是多么精巧的工具呀!

对人来说也是如此:当你在生活中坚持做正确的事时,"气泡"就会保持在中间,一旦你有邪恶的念头或者脑

海中的思绪纷乱如麻时，"气泡"就会偏到一边，灾祸也就离你不远了。

　　不得不说，马蒂亚斯的建议确实动摇了我的"气泡"。一方面，我和这样的家伙往来确实有一定的风险；另一方面，有一个这样的朋友，我在巴尔扎克中学就成了真正的大人物，说不定还有机会讨爱玛欢心。

　　说到爱玛，她是我见过的最棒的女孩。我们曾一起上过六年级，但显然她现在已经升入八年级了。她学习很好，但从不骄傲自大。她爱好弹钢琴，手里总是拿着乐谱。还记得我们上六年级的时候，音乐老师让她为大家演奏钢琴曲，她那天才般的演奏震撼了所有人。那一天，她还向我们介绍了她的妹妹阿列侬，她说阿列侬有自闭症，生活对她来说十分艰难，但她仍对生活充满热情。

　　从那以后，我喜欢上了爱玛，但我从不敢对她说……

　　妈妈下班回来，立刻就发现我不对劲。我极力让她相信我是因为吃多了冰激凌所以身体不适，所幸她相信了。

于是,晚上我什么都不能吃,只能喝用百里香煮的药茶。

不管怎样,相比她问起我今天做了什么,我更愿意喝这种苦涩的药水。我精神紧张,濒临崩溃,整晚躺在床上一动不动,而妈妈就在旁边安慰我,说这只不过是"消化不良"。

3. 像只老鼠被抓住

早上醒来,还没想起马蒂亚斯的建议,我的心就已经狂跳不止。我不想吃早餐时在妈妈面前假装生病,但我确实一点儿也不饿。

我坐在厨房的小餐台边一言不发,直到上学的时间到了,我在妈妈担心的目光中跨出了家门。

我在路上走着,突然听到一声口哨儿,我转过身一看,是马蒂亚斯。我对他招了招手,然后继续赶路。我并不

确定自己是不是想和他做朋友,但他很快赶上了我。

"你跑这么快去哪儿?还有的是时间,你该不会是害怕那个移动得比影子还快的学监'霸王龙'吧?"

"我因为成绩差就快被退学了,我可不想再惹什么麻烦。"

"你今天几点放学?"

"五点。"

"很好,我在这儿等你。我们的合作就从今天开始。没问题吧?"

我很想鼓起勇气拒绝他,但这时我看见了爱玛,她在对面的人行道上,正准备过马路。我很想引起她的注意,于是立刻摇晃着身体,握住马蒂亚斯的手说:"没问题,五点见。等你消息!"

然后,我迈着自信的步伐走开了。

就这样,一整天我经历着漫长的折磨:几秒钟内,我的心情从激动变为担忧。一会儿,我自认为是被爱玛崇拜

的英雄;一会儿,我面前又出现一位法官,旁边是痛哭流涕的妈妈和外婆。

不管怎样,我已经答应了那个家伙,现在退缩也来不及了。他信任我,我也不能让他失望。

当五点的钟声响起时,我平生第一次为数学课过得如此之快而感到遗憾。我想继续待在教室里,希望有人能来接我去别处。我想起爸爸,在心里暗暗骂了他。我不知道这是为什么,我甚至都不认识他。

我收拾好东西,走出了教室。

在操场上,我看到爱玛正坐在长椅上记录乐谱。当我经过她身边时,她抬起头来,对我笑了一下。我招了招手算是打招呼,爱玛朝我笑了……

这显然是个好兆头。她看到我和马蒂亚斯聊天儿,肯定对我印象深刻。我在她眼里终于有了存在感,这太棒了……我感觉自己就是世界之王。

放学后,我在学校后面和马蒂亚斯以及他的同伙会合了。他肯定想让我为他做点什么,而我会答应他的。

马蒂亚斯带着嘲弄的微笑说:"去上学那么积极,和新朋友见面就不急了?是我看错你了吗?"

我不想解释,只是冷淡地看着他,然后装腔作势地说:"抱歉来晚了,有个女生在放学时缠着我不放,我不想让她知道我们的事,所以只好陪了她一会儿,好让她安静下来。"

我不知道这种想法是从哪儿来的,但我发现这样回答十分妥当。

"很好。"他说,"我知道你很机灵。现在,我们说点正事。为了这次抢劫行动,我已经准备了两个星期,所以这个活儿没有任何风险,还能给我们每个人带来一点儿小钱。这是你第一次行动,所以给你的任务很简单。你就给我们望风,行吧?"

我喜欢我的新生活：爱玛看到我走来会对我微笑，学校的"大哥"把我视作机灵可靠的人，躺在沙发上吃着蜂蜜爆米花等妈妈回家的日子终于结束了。现在，放学后的时间，我已经不用孤单一人了。马蒂亚斯向我阐述了他的世界观，我越听越觉得他很了不起。他完全掌控着自己的生活，不畏惧任何人。对他来说，家长、老师、警察都只会强迫我们遵守各种规则，把我们钉在框框里。我从来没有这样想过，但觉得他说得很有道理。

我真的很想快点赚钱。等我赚到第一笔钱，我要给妈妈买一束鲜花，给爱玛买一堆乐谱。

抢劫的地点应该就在我身后的那条街上。因为我是新手，所以未被告知这次行动的具体计划。我的任务就是在一栋矮小的房屋后望风，如果有人来了，我就吹两声短哨。

这样的差事只要多干几次，我就可以带妈妈去参观迦太基遗址和埃及金字塔了。有了我的帮忙，她也不用再

早出晚归了。

马蒂亚斯指了指我应该躲的位置，然后用手捏了捏我的脸，就像西西里教父那样。接着,他就和同伙一起走了。

当我独自守在监视点时,我的心又开始狂跳不止。我希望外婆不要在这个时候给家里打电话,因为一旦她发现家里没人,一定会给妈妈打电话,告诉她我没有回家。不管怎样,我已经不再是她们的乖宝宝了,我正蜕变成一个男人。这一点她们以后会明白的。

漫长的等待开始了。我东张西望,惴惴不安,喉咙里就像哽了一颗大珠子,肚子上就像被人揍了一拳。马蒂亚斯说我只需要躲在这儿最多十分钟,但我却觉得我已经在这里站了好久好久。"他那边到底怎么样了?"我心里嘀咕着。

时间仿佛静止了,一分钟漫长得就像一小时。我现在非常害怕,双腿在发抖,身体僵硬沉重,膝盖就快要承受

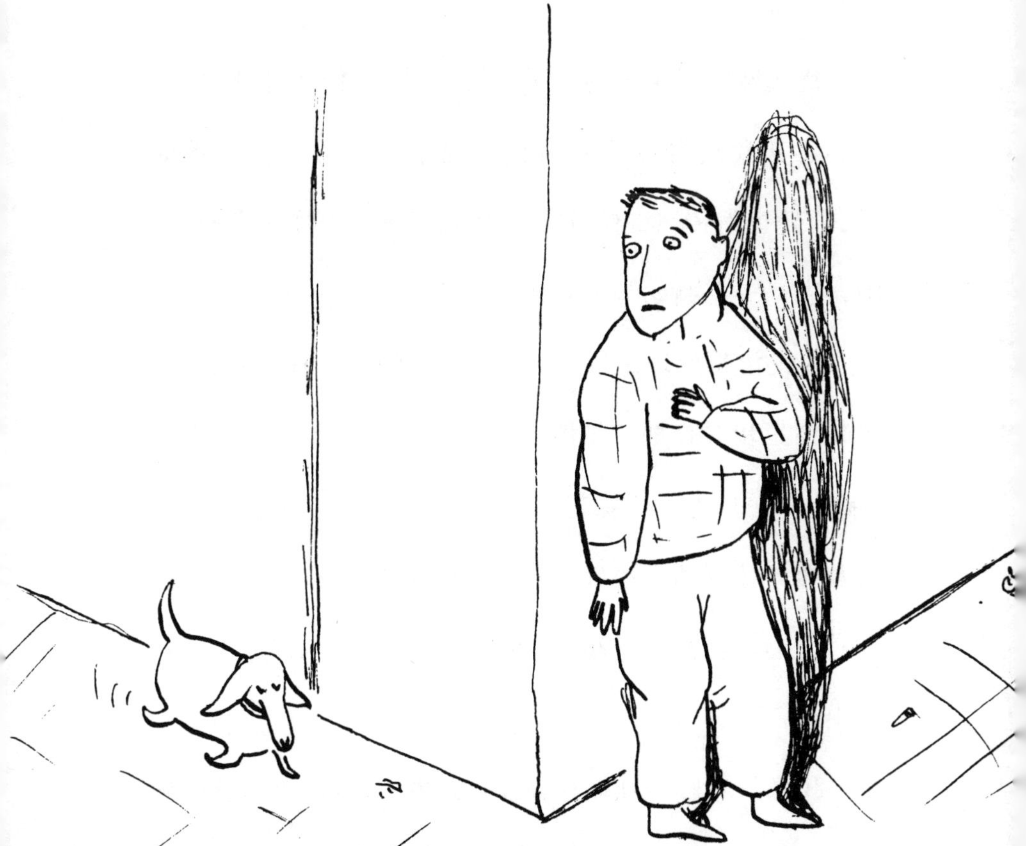

不住身体的重量了。我很想逃跑,此时让我继续留在原地的不是我对马蒂亚斯的忠诚,而是恐惧,是恐惧把我的脚钉在了地上。

我大概已经望风超过了十五分钟,但什么也没发现。

正在我觉得我已经给自己提了几百万个问题的时候,远处突然传来一阵吓人的喧闹声——恐怖的尖叫、警哨,还有一声大喊:"不许动,警察!"

我连滚带爬地跑进矮房子。地窖的门是打开的,我在黑暗中三步并作两步地跑下了楼梯。我也不知道自己是怎么做到的,为了能躲起来,我竟然推倒了一个酒架。还有几瓶酒撞到墙上摔碎了。我正准备站起身,突然有人在背后用力地把我提了起来,他用手捂住了我的嘴,不让我喊出声。

我像只老鼠一样被抓住了。完蛋了,我的人生就要毁了。外婆和妈妈肯定会伤心死的。楼上有很多警察,他们会下来给我戴上手铐,然后把我带上一辆鸣着警笛的汽

车。

这时,我背后的那个男人稍微松了松手,他转到我面前,用一块破布塞住了我的嘴。黑暗中,我无法看清他的样貌。为什么他不通知其他警察?我们在门后待了很久,听着他那急促的呼吸声,我的心都要跳到嗓子眼儿了。

突然,外面传来叫喊声:"放开我,放开我!"

我听出那是马蒂亚斯的声音。

"放开我,我什么都没做……求您了,打开灯吧。"他苦苦哀求道,就像一个孩子在黑夜里醒来,央求妈妈开灯一样。

我听到一个警察的声音:"不是吧,他都尿裤子了。"

紧接着就听到抽泣声。

他们都被抓起来了,外面人声嘈杂,警笛在街上回响着,然后声音渐渐远去。

四周恢复了平静,那个男人终于放开了手。此时此刻,我仍一头雾水:为什么不把我和其他人一起带走?我

嘴里还塞着布，一动不动地等待着别人来决定我的命运。他终于打开了灯。这灯光就像夏夜里划过天空的一道闪电。我的眼睛已经习惯了黑暗，一下子很难看清这个人的面容。随着眼前渐渐清晰，我认出了他……

哦！天哪……为什么警察没有在他之前发现我？妈妈曾经警告过我这个人有多么危险！

我现在落入这个男人之手，他可是个连环杀手！他趁乱把我绑架，关在地窖里，没有人知道我在这儿，我会像那些被登报寻找的孩子一样莫名消失。一股浓烈的酒气把我熏得晕头转向，我很想吐。男人取掉了我嘴里的破布，凶狠地说："你胆敢喊一声，我就再给你塞上，明白吗？你已经闯了大祸！"

我点点头，牙齿抖得像响板一样咔咔作响。

"我昨天就警告过你。你脑子里装的是什么？是白奶酪吗？你到底在想什么？想进监狱吗？你以为从一辆汽车上偷一台收音机或者在百货商店里偷一堆光盘你就能成

为男人了？可怜的小男孩，这些事情谁都能做，这跟勇敢毫无关系，只需要愚蠢和放任。要成为一个男人是另外一码事，早上要早起，工作要尽责。倒垃圾、照顾病人、教孩子读书、卖鱼……不管做什么工作，重要的是尽己所能、造福社会。你懂吗？"

我无心去理解绑架我的人发表的长篇大论，只能心惊肉跳地等待着他动手的时刻到来。

"听清楚了，小浑蛋，你真是欠抽几耳光。不过，在挨打之前，你得先赔偿我的损失。这里是我的酒窖，你这小山羊乱抖蹄子打碎了我这么多好酒……算一算，至少得五百块，我给你两天的时间去筹钱。"

我想拼凑出一句话，可嗓子里就是发不出一点儿声音。

他开始嘲笑我："你说什么？啊！你和你那头头儿一样被吓得尿裤子了，还喜欢在黑暗中哭。真是一支幼儿园突击队。"

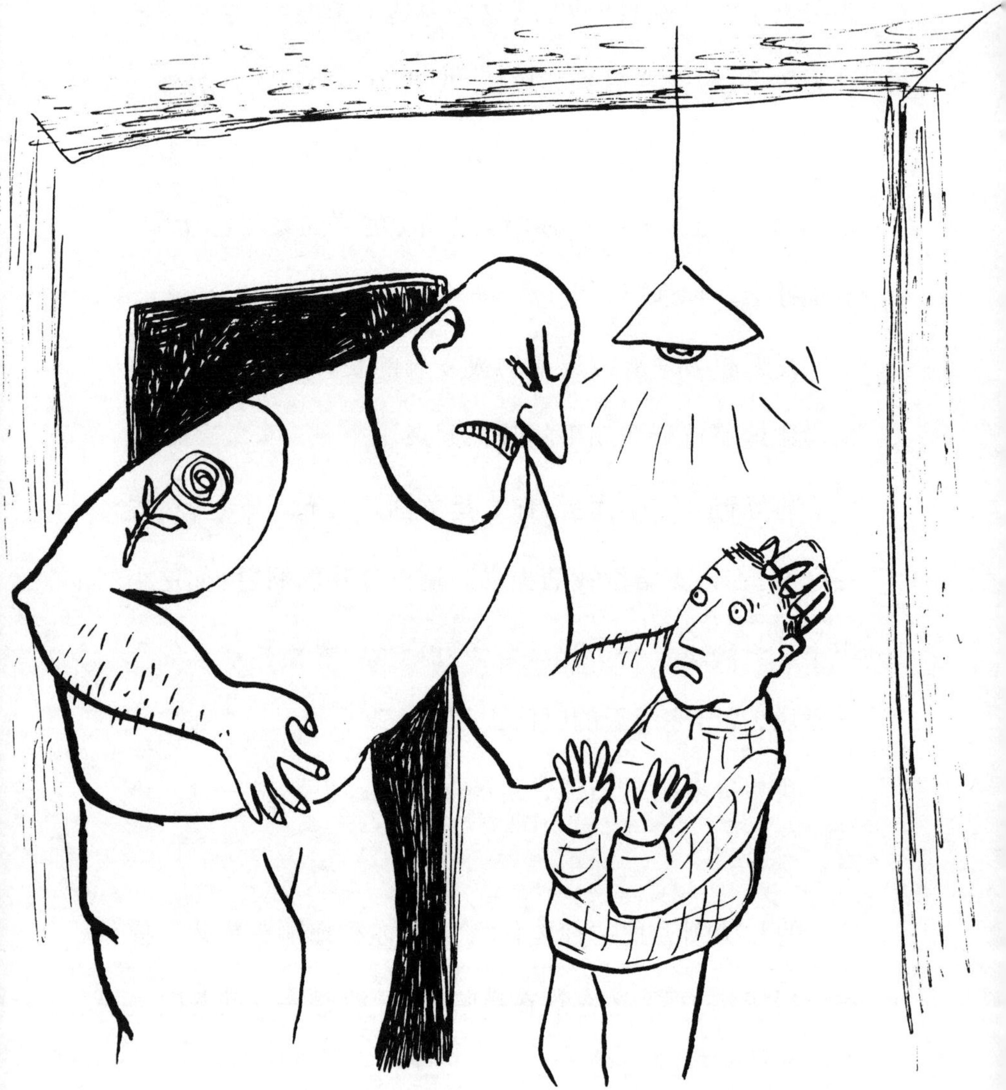

我又一次努力想挤出一句话,但那声音听起来就像女孩子的一样尖:"我没有钱。"

男人举起了手,好像要打我,然后他怒气冲冲地重复着:"我要冷静,要冷静……"

我已经吓得半死,但仍然试图讨价还价:"我每个月有二十块的零花钱。如果您同意,我愿意每个月都给您,直到把这笔欠款还清。但我请求您,放我走吧。我妈妈只有我一个儿子,如果我不在了她会难过死的。"

"你妈妈?你早该想到她。她长年累月地辛苦工作就是为了你这种蠢货?"

"您认识我妈妈?"

"不认识,但是我看到她晚上下班回来,为了找一个停车位在街上转了二十几圈,然后背着从打折超市买的几大包东西回家。这一切都是为了什么?为了有一个游手好闲的儿子?你不觉得羞愧吗?"

我开始哭起来。

"很好,哭吧,这样你就可以少尿点了。我给你五分钟时间清醒一下,想想自己都做了什么。然后,我再告诉你以后要做什么。"

这个新的威胁把我吓坏了,我的眼泪比刚才还多了一倍。我以前真不知道人的身体里竟然储存了这么多水。

这个男人看上去很生气:"行了,你浪费了我太多时间。既然你没有钱,我们就订一个协议,你来为我工作抵债。"

"但是我还要上学。"

"你当然要去上学,但是放学以后,晚上的时间别再去做蠢事,来给我打工。"

"我能做什么?"

"洗杯子、擦柜台、收拾桌子。一个小时十块钱,你自己去算五百块需要干多少个小时。这件事不要告诉任何人,否则我会让你后悔的。现在,快走吧,直接回家去!我一秒钟都不想在街上再看到你。如果明天下午五点你没

有到我这儿来,相信我,我知道在哪儿能找到你。"

"明天是星期三,我们中午就放学了。"

"很好,十二点五分,我在这里等你。你叫什么?"

"萨沙。"

"这里的人都叫我斯宾诺莎。你就跟着他们这么叫吧。快滚!"

4. 失去自由的奴隶

我像只兔子一样跑回家。没等掏出钥匙开门,就看到妈妈正站在门口等我。

"你去哪儿了?我都快担心死了。"

"嗯……我五点的时候和汤姆一起去了信息资源中心,他给我讲了一道很难的数学题。你今天回来得这么早,发生了什么事吗?"

"你没有看到自己早上的样子?我还以为校医会打电

话来让我去接你。"

"没事,我到学校后感觉好多了。"

"那就好。我还去打折超市给你买了点蔬菜。今天晚上你就喝汤吧。你喜欢韭菜还是胡萝卜?"

当我的生活变成噩梦时,我还能在两种蔬菜中有所选择已经很不错了。想想今后的生活简直就是地狱!我还要继续说谎,掩盖真相,扮演一个别人理想中的孩子。我觉得自己再也受不了了,于是忍不住抽泣起来。

"萨沙,你怎么了?我说什么了?我只不过问你想吃韭菜还是胡萝卜。"

"不是你的错,妈妈,你,你什么都好。是我……"

"什么?你?你可是个听话的乖孩子,从来不给我惹麻烦,虽然成绩不太好,但我相信你会努力的。向汤姆请教是个不错的主意。"

我太想告诉妈妈今天发生的一切了,但是这样会把她吓坏的。不行,我必须一人做事一人当,妈妈已经承受得够多了。

从这一刻起,我要按咖啡馆老板说的去做了。

不用说,第二天我还是很忐忑。我甚至说不出这一天上了什么课,一直昏昏沉沉地混到了放学。

汤姆在学校大门口的矮墙边等我,我想躲开他,但没有成功。他大喊:"萨沙!"

我假装很惊喜:"啊!汤姆,是你呀……"

"当然是我,还能有谁在这儿等你?我有两天没见到你了。你昨天怎么没有等我?"

"嗯……是呀,我没能等你。"

"你到我家去吃点心吗?我表哥给我带来了最新款的电子游戏。你有七条命,十二种身份,还有一个黑骑士……"

"对不起,汤姆,我得走了。"

"你有女朋友了?"

"没有……"

"那是怎么回事？每次我和法妮一起出去，我都会告诉你。快点，你也说说吧……"

"我不能说。我得走了！"

说完，我飞快地跑走了，因为我很害怕迟到。

斯宾诺莎正在咖啡馆门口等着我。他看到我时，嘴里发出了狗熊一般的怒吼："快过来！水槽里堆满了杯子，桌子也要好好擦擦。"

坏蛋！我知道自己欠他钱，那也不用这么嚷嚷吧。在历史课上我们学过，法国在十九世纪就已经废除奴隶制了，可我看他似乎还不知道这件事。我至少洗了五十个杯子，"奴隶主"就站在我后面，检查每个杯子的透亮程度。等我洗完后，他给了我一块海绵和一瓶消毒水，让我把所有桌子都擦了一遍。然后，我第一次看到他笑了。

"很好，现在你就坐这儿。"

"协议里面可没有这项，我只干活儿，干完我有权回家去。"

"闭嘴！笨蛋,在这里我说了算。"

他目露凶光地瞪着我,我不敢再坚持己见,只好坐了下来。

"我不喜欢虐待我的员工。每次你来我这儿干活儿,我都会给你提供一餐。"

斯宾诺莎给我准备了一份牛排配薯条。他把盘子放在桌上,然后恶狠狠地说:"吃吧！吃完走人。"

我狼吞虎咽地吃完,一句话也没说就走了。斯宾诺莎背对着我,也没有说再见。

整个晚上,我都在苦思冥想复仇计划,但可惜什么也没想出来。我还有四十九个小时的苦役,也就是几个月的时间。

第二天我又去了,但整个人散发着绝望的气息。因为数学作业的成绩发下来了,总共20分的题,我只得了3分。

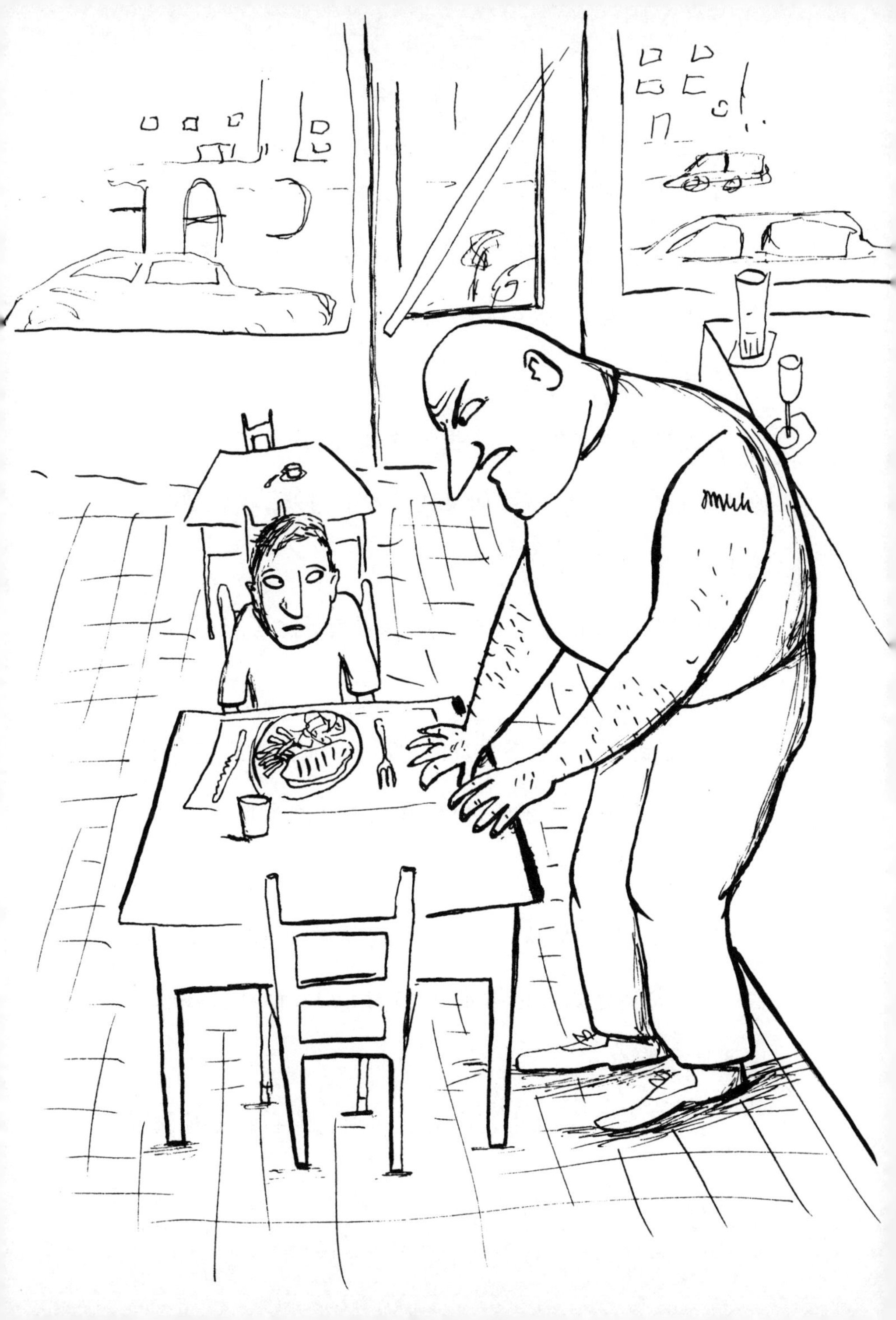

斯宾诺莎很快就发现了我的异样。在我洗杯子的时候,他问:"发生什么事了?为什么愁眉苦脸?"

"您不会感兴趣的……"

"说吧。"

"我的数学作业得了个很低的分数。班主任已经跟我妈妈说过,三个月之后,如果我还没有进步,我就要被开除了……"

他打断了我的话。显然,"我就要被开除了"这句话激怒了他。

"别说蠢话了!这不是真的,你一定能进步的!别洗杯子了,立刻坐下吃点东西,然后我们就开始工作。"

"什么工作?"

"什么工作?你认为呢?当然是重做一遍数学题。相信我,下次测验如果你考不到 15 分以上,你就会知道我可不是好惹的。"

我想告诉他协议里也没有这一项,但看到他那副样

子,我没敢说出口。

他给我端来一杯热巧克力和几个蛋挞,然后在我耳边叫喊:"快吃,你瘦得像条泥鳅!"

下午剩下的时间,我们一起学习了几何。斯宾诺莎甚至还为此拒绝了几位客人。他们没挑个好时候,正赶在我做错练习题的时候出现,斯宾诺莎朝他们大吼道:"出去,我没有时间!在孩子没搞懂之前,整个国家的人都不准喝酒!"

我很想笑,但我只能忍住……

六点的时候,他把我打发走,脸上没有一点儿笑容。

"好了,滚吧,别让你妈妈着急。你明天几点放学?"

"星期四?三点。"

"那就三点五分见吧。"

我温和地对他说:"明天见,斯宾诺莎。"

他转过身去,背对着我:"好,明天见。"

晚上，当妈妈回到家时，她说她有事要和我谈。

我很害怕是班主任打电话告诉了她我的数学成绩，或者是哪位邻居多嘴告诉了她我在咖啡馆打工。

我故作轻松地说："有什么事吗？说吧，亲爱的妈妈。"

妈妈试图给我个微笑，但我看得出来她笑得很勉强。

"是这样的，萨沙，有人建议我临时接替市场部经理的工作。我接受了，因为如果我做得好，以后就有可能留任。"

我如释重负，原来她的烦恼与我无关。

"加油，妈妈！有什么问题吗？"

"刚开始的这段时间，我晚上肯定会工作到更晚，而且星期六和星期日也不能休息了。我没办法好好照顾你，所以决定让外婆过来住三个月。"

如果妈妈这么做，我就死定了。外婆一来，我就甭想还清斯宾诺莎的债了。我一定要说服妈妈放弃这个想法。而且妈妈新的工作时间对我来说是个意外收获，她不在

家,我就可以星期六、星期日两天都去给斯宾诺莎打工了。这样,两三个星期后,我就可以从那个唠唠叨叨的老头子那里重获自由了。

"听我说,妈妈,虽然我很喜欢外婆,但是老实说,如果她来巴黎待三个月,那我们家又该变成地狱了。你还记得圣诞假期吗?她每天都像神探加杰特一样追问我的数学成绩,追问你几点下班回家,给我做什么饭吃。"

"对,我知道,她是很唠叨,但她能照顾你呀。"

"我小时候是需要照顾,但现在不同了。要不然我们订个协议:以十五天为期试试看。每天早上,你把晚上要做的菜从冰箱里拿出来,放学后我来做饭,等你下班回家,我们一起吃。顺便,我还能给你汇报我在学校里取得的'好成绩'。放心吧,妈妈,我保证能行。"

妈妈什么也没说,又钻到被子里去了。一个小时后,她红肿着双眼出来对我说:"我们可以试试,如果不行,就叫外婆来。好吗?"

"别担心,妈妈,一定行。"

"谢谢你,我的好儿子。"

我暗暗发誓:我一定要兑现自己的承诺。

5. 落寞的失败者

第二天,当我来到咖啡馆时,斯宾诺莎正在阅读一本大部头著作。我没有打扰他,直接走到柜台后面,洗起了杯子。

我们一句话也没说,他静静地看着书,我默默地看向他。他的光头使他看起来就像一个重刑犯。他的右臂上文着一朵玫瑰花,左臂上文着一些拉丁文。我看不出他的年纪,也许和外婆差不多吧。

在我擦桌子时,他仍然专心致志地看书。我想偷看一下书名,但被斯宾诺莎发现了。

"你有什么问题吗?"

"没有,我只是想知道您在读什么。"

他把书翻过来,好让我看清楚:《伦理学》,斯宾诺莎著。

"是您写的?"

他被我逗笑了。

"傻瓜,当然不是。"

"这有什么好笑的,毕竟你们同名嘛。"

"我们的名字可不一样,别人叫我斯宾诺莎是因为三十五年来我一直在读这本书。"

"三十五年,您还没有读完?!"

"当然不是,是因为我读了很多遍。"

"为什么? 您读不懂吗?"

这个老头儿第一次用一种慈祥的目光看着我。

"萨沙,你看,这本书里包含了关于生活的方方面面。这位哲人分析了人类的行为却没有做任何道德评判。他给人们提供了一把打开生活之门的钥匙。如果我早一点儿读到这本书,就可以避免……"

"避免什么?"

"我向你提过问题吗?去吧,把桌子擦完。过会儿吃点心,然后我们一起做数学题。"

"还要做?"

斯宾诺莎又恶狠狠地瞪着我。这个怪人,前一秒和颜悦色,后一秒又怒目而视。我真想快点离开这儿,再也不回来。

下午的剩余时间我们就在做数学题中度过。快到五点时,我正想着这一天的苦役就要结束,他忽然让我把课本给他,说要抽查我的英语不规则动词和法语动词变位表的掌握情况。和前一天一样,六点的时候,他又粗暴地打发我离开。

"走吧,回家去,你妈妈该担心了。"

"恐怕不会……"

"为什么?"

"因为她有了新工作,星期六和星期日都要上班。"

"那谁来照顾你?"

"没有人。我已经长大了……"

"是吗?我怎么没发现……好吧,那你周末也来工作吧。"

"好呀,我也可以一次多干些时间。"

"那可不行,我又不是奴隶主。你先洗杯子,然后我们一起学数学。而且,我还要给你一个建议……"

我很讨厌斯宾诺莎的"建议",上次他说给我建议,结果让我背负了五十个小时的苦役。

"说说看?"

"和上个学期相比,你这个学期的成绩只要上涨一

分，我就免去你一个小时的工作。"

"这是什么意思？"

"放心，我不会骗你的。如果你第一学期数学得了5分，而第二学期得了10分，你就能免去五个小时的工作。"

"对每科都适用吗？"

"是的。"

"您确定？"

斯宾诺莎瞪了我一眼："你认为我是个不守信用的人吗？"

我没有回答他，只是默默地收拾起自己的东西。我要好好想想，但是在我出门的时候，我朝他喊道："嘿！老板，我同意您的建议！"

斯宾诺莎背对着我，他甚至都没有转过身来。

我回到家后，开始准备晚餐。这时，电话铃响了。我接

起电话:

"你好!"

"你好,萨沙,我是汤姆。"

"哦,你好,汤姆。很抱歉,我今天没有等你……"

"是呀,我看到你了。你听说马蒂亚斯和他同伙的事了吗?"

"什么?"

"他们干了蠢事……被学校开除了,这个星期他们将接受审判。"

我的心又狂跳起来。

"哦,那又怎么样呢?"

"你确定没有什么要告诉我的?"

"比如说?"

"我不知道……你星期六下午来我家吗?"

"不,我去不了……"

"听着,萨沙,我不知道你现在是怎么了,但是我讨厌

你这样疏远我。我不会再给你打电话了。如果你想见我,你知道到哪里找我。再见!"

说完,他挂断了电话。我真的很想和他分享我的心事,但又担心他无法理解。我突然明白:在生命的某个时刻,人是很孤单的,但无论如何也要继续前进,这就是成长必经的过程。

"写?"

"Write, wrote, written.①"

"喝?"

"Drink, drank, drunk."

"走?"

"Go, went, gone."

"吃?"

"我已经背了一个小时不规则动词!不能休息两分钟

---

① 英语的不规则动词变位。后同。

吗?我累了。今天是星期五,周末了,我想休息一下……"

"吃?"

我正要回答,斯宾诺莎突然放下英语书。我惊讶地看着他,他脸色苍白,用手按着心脏的位置。

我害怕地问:"您不舒服吗?"

他喘着粗气说:"钥匙在水槽旁边,上二楼,右边那间卧室的书桌上有一瓶药,快去拿给我。"

我像只老虎一样纵身跃起。真滑稽,三天以来,我一直在诅咒他,但现在一想到他会从我生命中消失,我就很难受。

我在几十页的拉丁文手稿下找到了他的药。

我飞奔下楼,斯宾诺莎已经瘫倒在了椅子上。他用手指了指柜台上的水杯。我拿过来,喂他服下了药片。然后,他闭上了眼睛。

过了几分钟,他还倒在椅子上,就像死了一样……

我目不转睛地盯着他。当他恢复意识后,他努力想跟

我说点什么。为了听清他的话,我紧紧挨着他。他喃喃地说:"不要浪费时间,拿着你的动词变位表赶紧复习吧。"

这个老家伙!他趁我看书,一个人坐在椅子上休息。用剩下的时间,我做完了作业。斯宾诺莎这时已经起身招待客人了,但他走起来缓慢又吃力,我看得出他很疲惫。

六点了,在他还没有恶狠狠地赶我走之前,我就收拾起东西,准备离开。我走到门口时,他喊住我:

"萨沙!"

"怎么了?"

"谢谢儿子。明天十点见。"

这是第一次有男人管我叫儿子,我的双眼满含泪水。

晚上,准备晚餐时,我在想现在也许是时候问问妈妈我的爸爸是谁了。但是当她回到家时,这个问题仿佛卡在了我的喉咙里,怎么也讲不出来。我给她讲学校的事情,讲我在数学上的进步,而她则兴高采烈地讲她的工作。结束谈话后,我亲了她一下,就去睡觉了。

整个周末,斯宾诺莎让我像疯子一样拼命干活儿、学习。自从升入六年级以来,我还没有像这样连续两天都在学习。第二学期的考试将在一个半月后进行,在此之前,斯宾诺莎并不打算放我走。

我感觉自己像个苦力,每天重复着同样的事情:洗杯

子、吃点心、做斯宾诺莎给我准备的成堆的练习题。我想他也只能做这样的事了,编造一些陷阱重重的数学题。

当然,我根本没有抱怨的权利。只要我胆敢冒出一句"我想休息一下……"斯宾诺莎便会恶狠狠地瞪着我。这时,我只能拿起笔,继续专心致志地学习。

六点一到,我就背起书包,开始我一天中的第三段时光。在离开学校和老师、斯宾诺莎和他的练习题之后,我还要准备晚餐和回应妈妈的询问。

这就是一个苦力的生活。毫不夸张地说,我甚至都快不记得电视机要怎么打开了。因为我已经太久没有看过电视了。

夜晚来临,你们也许认为我终于可以躺在床上做一个甜蜜的美梦了,比如和爱玛一起出去玩之类的。但事实并非如此。我在梦里看到的只是一个个飘过的数学方程式、不规则动词,以及语法中的宾语前置。

我有时候甚至在想,自己是不是就快发疯了?

咖啡馆里的神秘导师

在协议施行的第十五天,斯宾诺莎不再让我洗杯子。当我问他是不是我的打工时间要往后顺延时,他朝我大吼道:"我让你提问了吗?在这里,我是老板,你只需要按照我的话去做。快去学你的数学!"

真是一个好心的怪人!我能不能通过考试跟他有什么关系?我也没有请他辅导我学习。

有一次,我怎么也听不懂他给我讲解的一道数学题,一气之下就把数学书扔到了地上:"烦死了,我不想再学了!就算我是个笨蛋,我的生活很糟,我妨碍别人了吗?"

斯宾诺莎抓着我的毛衣,一言不发地盯着我,然后冷冷地说:"对,你说得对。人生是你自己的,就算失败了也不妨碍任何人。你可以把它折起来,撕碎,然后扔到空中。这是你的权利,与任何人无关。但如果是这样,请带着你的东西离开这儿,一切到此为止。算我看错你了,我还以为你与那些混混儿不同。你欠我的那几个小时我也不要

了,就当赠送给你了!你可以回去和你的小伙伴们一起玩。他们肯定有更好玩儿的事等着你,比如破坏别人贷款买来的汽车、偷老年人的包包……尽情玩吧!"

说着,他一把抓起我的东西向人行道上扔去。然后,他转过身,用手指着门。我走出去,从街边的水沟里捞起了钢笔。我的法语文件夹被摔散了,纸张飞得到处都是,我只好追在纸张后面满处跑。

回到家后,我倒在沙发上号啕大哭。那一刻,我问自己活着的意义到底是什么?如果再也不做任何努力,人生会不会简单一些?

当妈妈回到家时,我躺在沙发上一动不动,眼泪已经干了。

见到妈妈,我又有了微笑的力气,于是我起身帮她准备晚餐。

6. 幸运降临

在被赶出咖啡馆后的三天里,一放学我就直接回家。不用再去做苦力了,但为什么我感到很空虚?第四天早上,我突然想起斯宾诺莎的那句话——"算我看错你了,我还以为你与那些混混儿不同"。我很想证明他说错了。但我怕他不想再理我,怕他抛弃我……

当我回到咖啡馆时,他正一个人坐在角落里,看起来很疲惫,就像很久没有睡觉一样。我想他在看到我时微笑

了一下，但我不是很确定，因为他又大吼起来："如果你想继续留在这儿，就赶快去洗杯子、吃点心，然后做作业！"

我低下头，说了声"好"，没有表现出一点儿厌烦。我们一直学习到晚上，只字未提之前的事。

第二天，当他给我讲地理知识时，我问他："您是从哪儿学到这么多知识的？"

斯宾诺莎看着我，眼神中写满了为难。

"您不想说就不说，您有权保持沉默。"

他沉默了很长时间，然后用低沉的嗓音对我说："在监狱里。我整天都在牢房里看书、学习。"

"您杀人了？"

"没有……"

"那为什么？"

"我十八岁的时候，和一群蠢货混在一起。我们自称罗宾汉的传人，想通过抢银行来实现劫富济贫的梦想。但事实证明，我们只不过是一群危害社会的小混混儿。我被

关了十五年。你知道这意味着什么吗?监狱就是人间地狱,在监狱里的十五年……人如行尸走肉一般,失去自由,也失去了生活。如果我没有在监狱图书馆里读到这本《伦理学》,我一定还会再犯罪。可以说,是斯宾诺莎救了我。"

"您书桌上那些写满拉丁文的稿纸又是什么?"

老头儿皱起了眉头。

"我让你去找药片,没让你去翻我的东西。"

"我没有翻,药片就在那堆稿纸下面。"

"好吧,我相信你。你看到的那些稿纸是我对《伦理学》的评注。你知道,很早以前,学者用拉丁文写作是为了让全世界的人都能看懂。这有点儿像今天英语在全世界通行一样。斯宾诺莎虽然是荷兰人,但他的《伦理学》也是用拉丁文写的。我从三十五岁起,就开始翻译、评论他的这部著作。"

"有人看过您的手稿吗?"

"没有，你是第一个。好了，不说了，我们继续学习吧。"

"为什么您不把手稿寄给出版社呢？"

"萨沙，别再聊我了。除了在我的书桌上考古发掘，你还有更重要的事要做。快拿出你的自然书，你不是星期四要考自然吗？"

我认真地学到了六点，而斯宾诺莎则若有所思，时不时地走神儿发呆。每次我的目光碰到他那空洞的眼神时，他都会在我耳边大吼："怎么了？有什么事吗？你还有什么话要说？"

我什么也没说，但是我想我也许有办法帮他解决手稿的出版问题。没错，我的同学加斯帕的爸爸就是一位出版工作者。从年初开始，每半个月，学校就会请一位学生家长来讲述他的职业。我们已经见过一位外科医生，一位管道工，一位空中小姐，一位面包师……加斯帕的爸爸是一位出版社编辑，他给我们详细地讲解了他的工作：他收

到作者的手稿后会组织评审委员会对手稿进行评议,评议通过后,他就可以对手稿进行编辑……他还主动提出,如果有一天我们决定写作,可以向他投稿。他还给了我们每人一张名片。这就是我觉得自己可以为斯宾诺莎做点什么的原因。

星期一下午,时钟刚敲了四下,我就冲进了咖啡馆。我像疯子一样扑向斯宾诺莎,因为我想让他第一个知道。

"我的数学得了18分!"

斯宾诺莎放下手中的书,一下子抱住了我。

"我为你骄傲。从今天开始,我们平等对话,你可以像朋友一样用'你'来称呼我了。现在,开始我们的胜利巡游吧!"

他给咖啡馆里的每位客人都端上一杯酒。大家热烈鼓掌。斯宾诺莎让我坐在他的肩上,带着我像凯旋的将军一样在欢呼声中巡游。

我问他是否可以给妈妈和外婆打个电话。

电话接通后,妈妈祝贺了我:"太棒了,我的儿子!你是个说到做到的好孩子。"

而外婆趁这个机会又问了我一大堆问题:"家里怎么了?电话里怎么这么吵?我得把听筒靠得很近才能听清你的声音。"

我解释不清,她就会去妈妈那儿告发我。所以,我一定要给她解释明白。当然,干了这么多个星期的苦力活儿,我也憋不住了……

"外婆,您能保守秘密吗?"

"当然。"

"我有一位忘年交,我每天晚上都到他家去补习。在他的帮助下,我终于成了震惊校园的黑马。但是,这件事您千万不要跟妈妈说,我想给她一个惊喜。还有,以后都由我来给您打电话吧,好吗?"

外婆同意了。

如果你以为得了18分就能让斯宾诺莎放松一点儿，那你可真是太天真了。我们只在咖啡馆里巡游了十分钟，他就把客人都赶走，监督我又做了十道几何题。

在给我讲解一道很难的三角题时，他突然像支箭一样嗖地一下蹿了起来。随后，我听见他小声嘟囔："他们俩又来烦我，不知道想干什么！"

我跑到门口，想看看是谁让斯宾诺莎那么恼怒。然而，我看到了恐怖的一幕——哦！不！怎么是他们……

斯宾诺莎一手一个，提着爱玛和汤姆的后衣领。他们俩双脚离地，无助地乱蹬，同时发出小老鼠一般的惊叫声。我还没反应过来，只听斯宾诺莎朝他们大喊道："你们在我的咖啡馆周围转悠了一个小时，现在我给你们两秒钟的时间解释你们在做什么！"

我正想替爱玛他们解释，斯宾诺莎示意我闭嘴："萨沙，我不想听你说。我要让他们解释。我现在不相信你的朋友。"

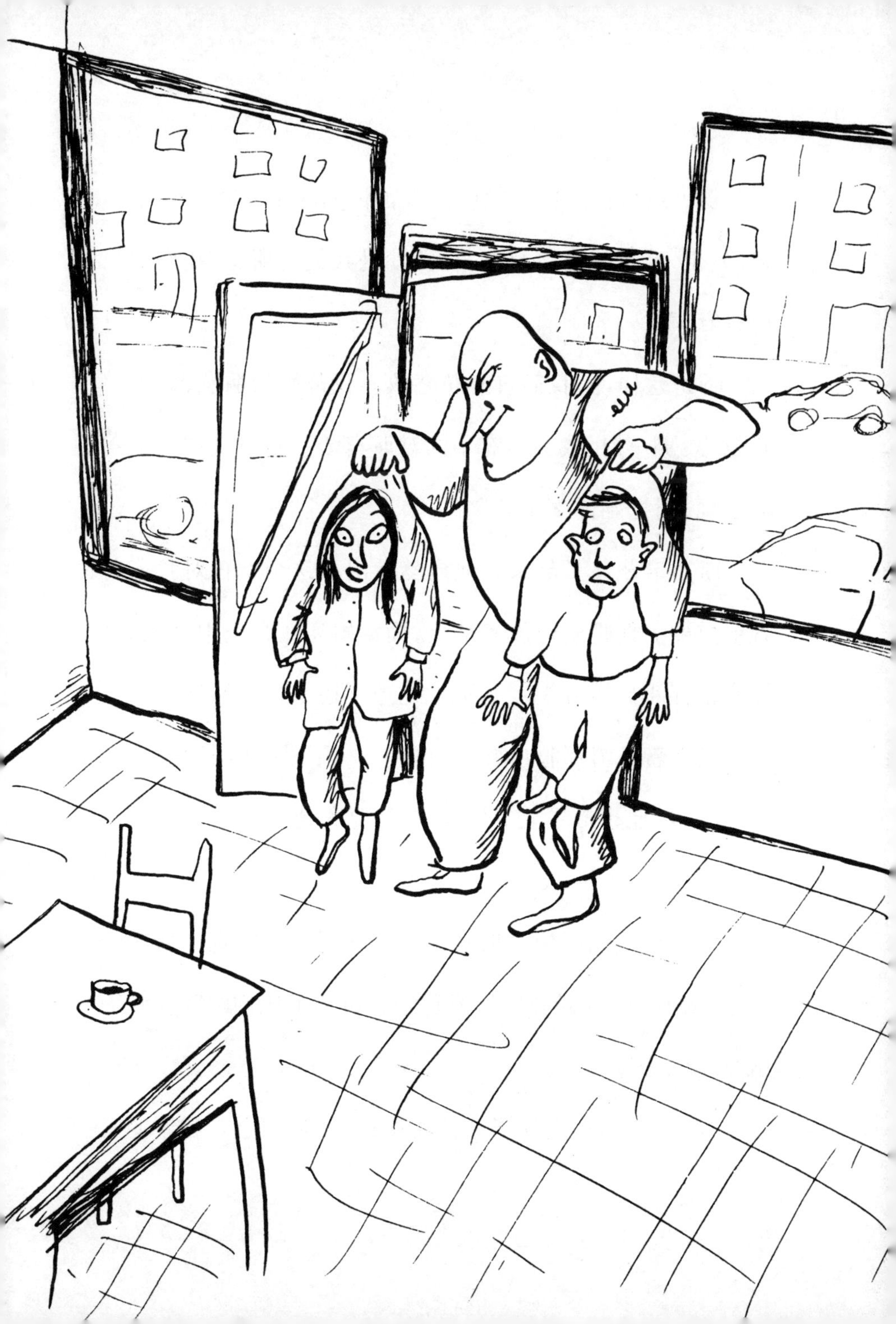

爱玛还吊在空中，她因为太害怕而战栗起来："对不起，先生，我们不想打扰您，但萨沙是我们的朋友，我们怕他有麻烦。"

听她这样说，我简直心花怒放。我是她的朋友，她为我担心？那一刻，我突然有了面对斯宾诺莎的勇气："马上放了她，别把她弄疼了。"

斯宾诺莎笑了起来。他显然看出了这个女孩对我来说很重要。他把爱玛放到地上，而汤姆还在半空中挣扎。斯宾诺莎小声对我说："他呢？是放了还是打一顿？"

我看着汤姆那脸色惨白的样子，一下子笑出声来。

"快把他也放了吧，不然，你就要和他分享心脏病药了。"

为了给他们压惊，斯宾诺莎准备了一份特别丰盛的点心。在他做点心的时候，爱玛给我讲述了他们跟踪我到咖啡馆的经过。

"我看到你和大坏蛋马蒂亚斯说话，很担心。我不明

白你为什么要和那个臭名远扬的家伙在一起。后来,当我听说他被警察抓走的时候,我更加担心了,生怕你也误入歧途。这时,我只好去找汤姆打听你的情况。"

"对,可你呢,不停地甩开我,"汤姆嘴里塞满了黄油面包,"让我觉得你真的掉进了一个陷阱。我们只好跟踪你,监视你。哼,做你的朋友可比玩有七条命的黑骑士还刺激!"

我心事重重地看着斯宾诺莎,不知道该不该把让我差点儿付出惨痛代价的蠢事告诉我的朋友们。他朝我慈爱地微笑,好像在说:"我的孩子,你自己决定吧。"然后,他就去收拾柜台了。我知道如果讲了我和马蒂亚斯的交易,我可能会失去爱玛。根据她刚才所说的话,我知道她对这个作奸犯科的家伙没有一丝好印象。算了,我还是决定冒险说出实情。

我握紧拳头,鼓足勇气,先让他们发誓保守秘密,然后就将一切和盘托出。汤姆听完吃惊得张着大嘴,嘴里那还没咽下去的蛋挞看起来有点儿恶心。我急不可耐地等着看爱玛的反应,但她始终面无表情。她只是看看表,然后说:"我要走了,妈妈和阿列侬还在等我。"

她走之前向斯宾诺莎礼貌地道谢,感谢他提供的点心。而我站在原地傻愣了很久。

汤姆还不知道我的心事,他以为我的沉默是因为惊魂未定。于是,他拍拍我说:"还好还好,没有那么严重。起码结果是好的……"

我没有力气再告诉他,我的苦役还在继续。星期四还有考试,如果失败了,我就会被开除。而且,我刚刚失去了爱玛的信任。汤姆走后,我又开始做数学题。我一言不发,斯宾诺莎则尊重我的沉默,只是安静地陪着我。六点时,和往常一样,我收拾好东西准备离开。斯宾诺莎陪我走到门口,用温和的语气对我说:"你刚才的表现很勇敢,不管她回不回来,你都已经是胜利者。对自己诚实,这是为人最基本的品质。如果我有一个儿子,我希望他能像你一

样。明天见,儿子。"

斯宾诺莎的话让我在沮丧之余有了一丝欣喜。我顿时感觉心里踏实了许多。嗯……我想我可以勇往直前了。

7. 努力奋斗的新篇章

晚上,妈妈特意带回一瓶香槟,为我庆祝。

她发现我倒在沙发上,便问:"亲爱的冠军,难道是胜利让你心烦?"

她从来没有这么兴高采烈过,我不忍心让我的烦恼冲淡她此刻的幸福感。于是,我打起精神与她举杯同庆。

她跟我聊起工作上的新进展,显然她离真正成为市场部经理的目标越来越近了。

"萨沙,你可以开始准备行李箱了。我想,不久我就能带你去看金字塔了。"

一整晚我都在想怎么向爱玛解释我和马蒂亚斯之间的事情是个错误。但我始终想不出办法,只能郁闷地睡去。

然而,没想到午夜时分,小精灵出现了。在我很小的时候,外婆对我说,如果我们有什么心事难解,带着心事去睡觉,晚上就会有小精灵出现,帮助我们解决难题。我以前根本不相信,但是这一次,我不得不承认这是真的。小精灵给我带来了解决办法:如果爱玛对我这种小混混儿的行为感到失望,我就要向她证明我不是那样的人;我不能只用几句话去说服她,而是要向她展现我在新的人生道路上的进步。可以肯定的是,如果她喜欢我,她就会理解我,并且信任我。

心中有了这个强烈的信念后,我终于可以自信满满地去上学了。

刚上课时，我的数学老师还惊讶于我昨天取得的好成绩。于是，她又一次让我在黑板上做题。我又得了个12分的高分！

得到这个新的分数，我仿佛得到了命运的眷顾一般。一整天，我都积极认真。然而，这个好成绩也让那些年初还把我视为同类的差生非常失望。因为他们认为我这个"低分英雄"背叛了他们。

不过，我现在已经明白，那些鼓动你和他们一起走下坡路的人，并不是真朋友。他们不是真心陪伴你，只是为了让自己不那么孤单。

放学后，我到咖啡馆跟斯宾诺莎聊了我今天的这些想法。他听完高兴得用手在我背上重重地拍了一下。我嘴里的巧克力一下子喷了出来。我黑着牙齿和斯宾诺莎一起放声大笑。

欢笑之后又到了学习的时间。我想不必再赘述考试前一天的复习过程了，反正就是数学、自然、法语、英语、历史这些科目轮番上阵！

下午六点，又到了告别的时间。我拥抱了斯宾诺莎，而他给我戴上了一条金项链。项链上坠着一个小牌子，牌子上刻着一朵玫瑰花和一些拉丁文。这些拉丁文和他身上的文身一模一样。

"它会给你带来好运的，儿子。这上面刻的是斯宾诺莎的座右铭——谨慎。"

我们沉浸在感动之中，相视无言。我向他点了点头便走出了咖啡馆。

为期两天的考试就像一条漫长而黑暗的隧道，充满了未知的风险，前方的光亮不知是希望的曙光还是火车的前灯。如果弄不好，我可能会被疾驰而来的火车碾得粉身碎骨。

这两天我过得惶惶不安。当星期五下午五点的钟声响起时，我才终于呼吸到一丝自由的空气。

我继续到咖啡馆去洗杯子，主要是想让斯宾诺莎看看我的考试草稿。洗完杯子，我就回家休息了。

我必须要休息了，因为还有一项艰巨的任务在等我。第二天，我和汤姆制订了一个计划。我们决定偷偷复印斯宾诺莎的手稿，拿去给加斯帕的爸爸看看。希望斯宾诺莎能原谅我们。

8. 在苦役与成功之间

星期六下午两点整,汤姆准时到达我家楼下。他穿着一身卡其色迷彩服,就像一个特别行动队队员。他看到我,立刻迎上来,很严肃地向我汇报起街上的情况。

"长官,街上未见异常,道路通畅……我们可以列队出发了。"

我只希望他能马上闭嘴,不然,斯宾诺莎很快就会识破我们的计划。

"听着,汤姆,我们不是在玩电子游戏。这是真实的世界,我们面对的可是个聪明人,一定得小心行事。你就按我说的做:你先去问他一道很难的数学题,然后装成什么都不懂的样子缠住他。我就借口帮我妈妈办件急事先走掉。然后在这段时间里,我先去偷手稿,再去复印。我想这大概需要一个小时的时间。"

汤姆似乎很失望。看起来,他已经制订了一个绝妙的计划,但我没有给他展示的机会。他耸耸肩,嘴里嘟嘟囔囔地跟在我后面。

一切都按照我的计划完美进行。我把手稿复印好,再放回原位,然后回到咖啡馆,假装什么都没有发生。

汤姆看到我进来时,偷偷使了一个眼色。这当然没有逃过斯宾诺莎的眼睛。为了逃避他的追问,我立刻去洗杯子。不过,五分钟后,斯宾诺莎便走过来对我说:

"如果你还想要小聪明,我先警告你,想想自己的过去。"

我朝他天真地眨了眨眼睛。

"我不知道你在说什么。"

"我现在也不知道。但是让你那个同伴老实交代应该不难。"

可以肯定的是，如果斯宾诺莎用那种杀手般的凶狠眼神瞪着汤姆，汤姆一定会把他知道的、不知道的全都和盘托出。于是，我决定赶快找个借口离开这里，到出版社去。斯宾诺莎有点儿不高兴，他没有和我道别。

我们约了加斯帕的爸爸五点见面。我事先给他打过电话，但他好像只是觉得我们在开玩笑，并没有对我们的投稿表现出兴趣。不过，我没有放弃，我向他发誓我手里的这部作品未来一定能颠覆整个哲学界。他大笑着接受了我的见面请求。

时间到了，我颤抖着走进了他的办公室。

"你好呀，萨沙。你想见我，是为了给我送某个人的手稿吗？"

"是的。"

"很好。可以给我解释一下手稿的来历吗？"

"这是我外公的。"

汤姆以为自己错过了我生命中的这段经历，于是大张着嘴巴，傻乎乎地看着我。

"对。"我又说，"我的外公是个天才，他翻译了斯宾诺莎的《伦理学》，还写下了自己的评注。"

"那他为什么自己不来投稿呢？"

我用一种遗憾的口吻说："他得了重病——心脏病……稍一激动，就可能会发作。"

"哦！"汤姆惊叹道，他好像被这个消息震惊了，"我们当着他的面可不敢这么说。他看起来那么强壮。"

我在桌子下对着他的小腿狠狠地踢了一脚。

"好吧。"加斯帕的爸爸微笑着说，"我会尽快读完这份手稿，如果我们决定将它收入我们的哲学丛书，我会给

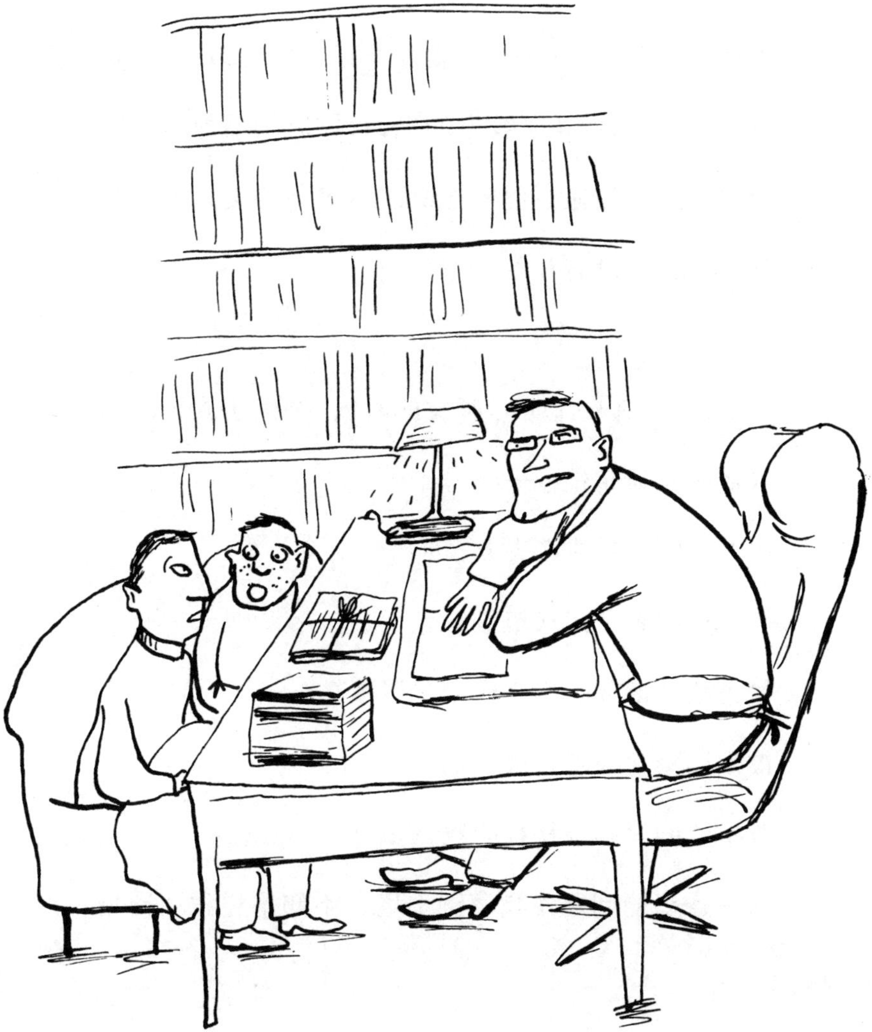

你外公打电话的。"

我有点儿忐忑。我怕给了他斯宾诺莎的电话,他会立刻打过去。于是,我留了我家的电话,同时悄悄地向汤姆使了个眼色,我怕他会傻傻地说:"这是你的电话号码呀……"所幸,他并没有开腔。

晚上,我躺在床上准备睡觉的时候,突然想到自己的生活充满了不确定性——

在考试中成功或者失败;

被开除或者升入八年级;

得到斯宾诺莎的感谢或者把他激怒;

被爱玛喜欢或者讨厌;

敢不敢问妈妈谁是我的爸爸……

这一连串的问题使我疲惫不堪,不知不觉我便昏睡过去。

接下来的一个星期,我继续和斯宾诺莎在一起认真学习。虽然下个星期一老师才公布考试成绩,但我不能就此放松,我还要积极为下一次考试做准备。斯宾诺莎见我学习热情高涨,突然又有了一个想法——他想让我跳级升入九年级,赶上别人的步伐。

"考虑一下,跳级可是你能和爱玛同班的好机会!"

"我不知道这有什么用,因为从那天起,她就一直有意无意地避开我。她一定认为我也是个坏蛋。"

"那就算了。可惜她不知道自己错过了什么。"

"你这么说,是因为你……"

我突然停住了。我之前根本没有意识到一件事:斯宾诺莎爱我。我很肯定这一点,但我却无以为报。他假装没有注意到我的不安。

"不。"他回答,"我这么说,不是因为我把你当成我的儿子,而是因为这是事实。"

我不敢看他,但他这次对我的肯定让我高兴得差点儿跳起来。

"好了,萨沙,我们继续学习吧。现在已经三点了,明天又是星期一,我们不能再浪费时间了。"

"对了,我还有一道地理题没有弄懂。"

其实,地理课本我早已烂熟于心。这么说只是因为当下我不知道能为这份爱做些什么,而学习恰好能让我们暂时抛却这些感性的烦恼。一个小时过去,当斯宾诺莎讲到埃特纳火山的几次喷发时,我突然发现他走神儿了。他慌张地望着外面的街道。

我也转过身看向外面。啊……是妈妈!她正怒不可遏地望着我们。

几秒钟后,她冲了进来。我惊慌失措,整个身体像被钉在凳子上一样,无法起身。她走到我面前,愤怒地咆哮:"收拾东西,立刻回家!"

斯宾诺莎想要解释,但妈妈没有给他机会:"至于您,我不希望您再靠近我儿子。您名声在外,我完全可以控告

您骚扰未成年人，让您从哪儿来回哪儿去。这些话我不想再说第二遍。"

我正想张口为斯宾诺莎辩解，妈妈失控地大喊道：

"我什么都不想听！我不知道你在这里做什么，但是你辜负了我对你的信任，我再也不相信你了！现在，你给我回家去！从今往后，你的行踪时刻都要向我汇报！"

说完，她粗鲁地扯着我的胳膊，把我带走了。

这个下午剩下的时光都是噩梦。每当我试图解释斯宾诺莎是什么样的人时，妈妈就让我闭嘴，然后躲到另一个房间去。我感觉自己快要窒息了。晚上，她做好了晚餐。当我坐到桌边时，她端起自己的盘子，走到卧室去打电话。通过隐约听到的几句话，我知道外婆就要来了。

无可奈何，我只好上床睡觉。

晚上，我常做的一个噩梦再次浮现：我开车出去，由于车开得太快，警察在后面穷追不舍。当我想停下来给他们看我的驾照时，我才发现自己原来根本不会开车。于是，慌乱之中我踩下一个踏板。可没想到，那是油门！天哪！我撞到了墙上！太恐怖了！

每次梦到这个情景，我都会满头大汗地惊醒。而当我

重新睡着后,同样的噩梦又再次袭来。大约凌晨四点,我决定停止这场缠斗,拿出了电子游戏机。

我希望因缺觉而肿胀的双眼能在早餐时博得妈妈的同情。但这个美梦落空了,她仍然冷酷得像一座冰山。在出门上学前,我只听到妈妈说了一句话:"你五点放学,如果五点五分我没有在家里见到你,我就把你送去寄宿学校。"

像昨天一样,我张开嘴想要辩解,但妈妈那冷冷的表情把我的话生生地堵了回去。这一天虽然开始得很糟糕,但却是我这辈子最美好的一天,很滑稽吧?

我一到学校,数学老师就公布了我们的考试成绩。我考了全班第三名,得到了老师的祝贺:"恭喜你,萨沙,你的进步太惊人了!亲爱的,我不是怀疑你的优秀,而是我被你这样巨大的进步震惊了。"

我微笑着,心里默默地想:要是斯宾诺莎能听到这些话,那该多好呀!

课间休息时,我把这个好消息告诉了汤姆。就在汤姆为之兴奋时,爱玛走过来说:"我可以跟你谈谈吗?"

我语带嘲讽地回答她:"当然可以,如果你不害怕被当成同谋抓起来……"

她直视着我的眼睛,我有点儿飘飘然。

"给,这是送给你的。"她小声说着,同时递给我一个很大的牛皮纸信封。

我打开信封,里面有三张写满音符的乐谱。

"这是我为你写的歌。如果你想听,我可以在钢琴上为你弹奏。"

"你确定还想在学校之外的地方见到我?"

"非常确定。萨沙,你知道我不是很善于用语言表达自己。上一次你对我诉说那段可怕的经历时,我没能告诉你——我很感谢你对我的信任,所以我就写了这首歌。"

然后,她用非常温柔的声音对我说了一句"再见"。我的感觉从飘飘然瞬间变成了心潮澎湃。当我回过神儿来,

她已经走掉了。不过,我非常肯定,从此以后,幸福就要来临了……上课铃声响起,操场又恢复了平静。我一整天都仿佛踩在云端,幸福到晕眩。

9. 真相大白

　　放学的钟声响起,走出校门的那一刻,我脚下那团幸福的云朵瞬间被残酷的现实吹散。我的外婆就站在学校外的栅栏旁等我。真是惭愧……

　　她神色冷峻地迎上来,这让我很不好受。因为以前每次我和妈妈闹矛盾,外婆总是站在我这边。而现在,她也对我板起了面孔。

　　我想跟她解释,但她打断了我:"很抱歉,萨沙,你妈

妈禁止任何人和你说话。我只负责来接你，监督你做作业，给你做晚餐。"

"我是您的囚徒吗？"

"你可以这么想。你之前的表现太让人失望了，之后你别想再耍什么花招儿了。"

"我之前做什么了？"

"真的要我提醒你吗？"

我低下头。她们确实有责怪我的理由。虽然她们不知道我跟着马蒂亚斯实施了一个危险的计划，我没有告诉她们在警察走后我和斯宾诺莎达成的协议，也从来没有提过我每天下午会在咖啡馆补习功课。总之，如果不是斯宾诺莎，我的劣迹可能早就被印在报纸的社会新闻版上了。想到这些，我整个晚上都沉默不语。

等妈妈回到家后，我们坐在一起安安静静地吃饭。外婆没有那么生气了，她似乎也对现在这种情况感到惋惜。但接下来的几天，我还是这个待遇。家里的氛围让人窒

息,我更加想念斯宾诺莎了。

没办法,我只好拜托汤姆去向斯宾诺莎报告我的近况和考试成绩。

"唉,你没看到他的脸……他真的非常伤心。他让我原话转告你,"汤姆又学着斯宾诺莎的口吻说,"成绩很棒,再接再厉。别担心,儿子,一切都会好的。无论如何,要尊重你的妈妈,她是对你最好的人。"

如果不是在操场上,我都要哭出来了。

周末到了,妈妈不再去加班了。当然,这也不全是因为我。毕竟,她已经适应了新的职位,再也不用把所有时间都投进去了。不管怎样,一场母子大战一触即发。

星期六下午,我正在卧室里做作业,妈妈怒气冲冲地闯进来问:"谁是马克·伍尔夫?"

这是一个星期以来她第一次主动和我说话。

"我不知道。"

"萨沙！赶紧收起你的谎话和诡计，老实回答我的问题！刚刚，一个男人打电话来要找一个叫马克·伍尔夫的人，说是跟你有关。"

"我说过我不知道。"

"你是一个……一个……骗子！我怎么会生了你这样的孩子，你让我感到羞耻！"

妈妈的这句话像拳头一样打在我的肚子上。我声嘶力竭地喊道："那你该学我爸爸，从我一出生就抛弃我！"

妈妈瞬间脸色惨白，转身跑出了我的卧室。不一会儿，外婆走了进来，生气地说："发生什么事了？你妈妈正在卫生间里呕吐！"

就是因为她刚才说的那句话，此刻我对她没有丝毫同情。

"那是她令人作呕的过去涌上了她的喉咙。"

外婆不懂我的比喻，但她极力想弄明白。

"那么，马克·伍尔夫是谁？"

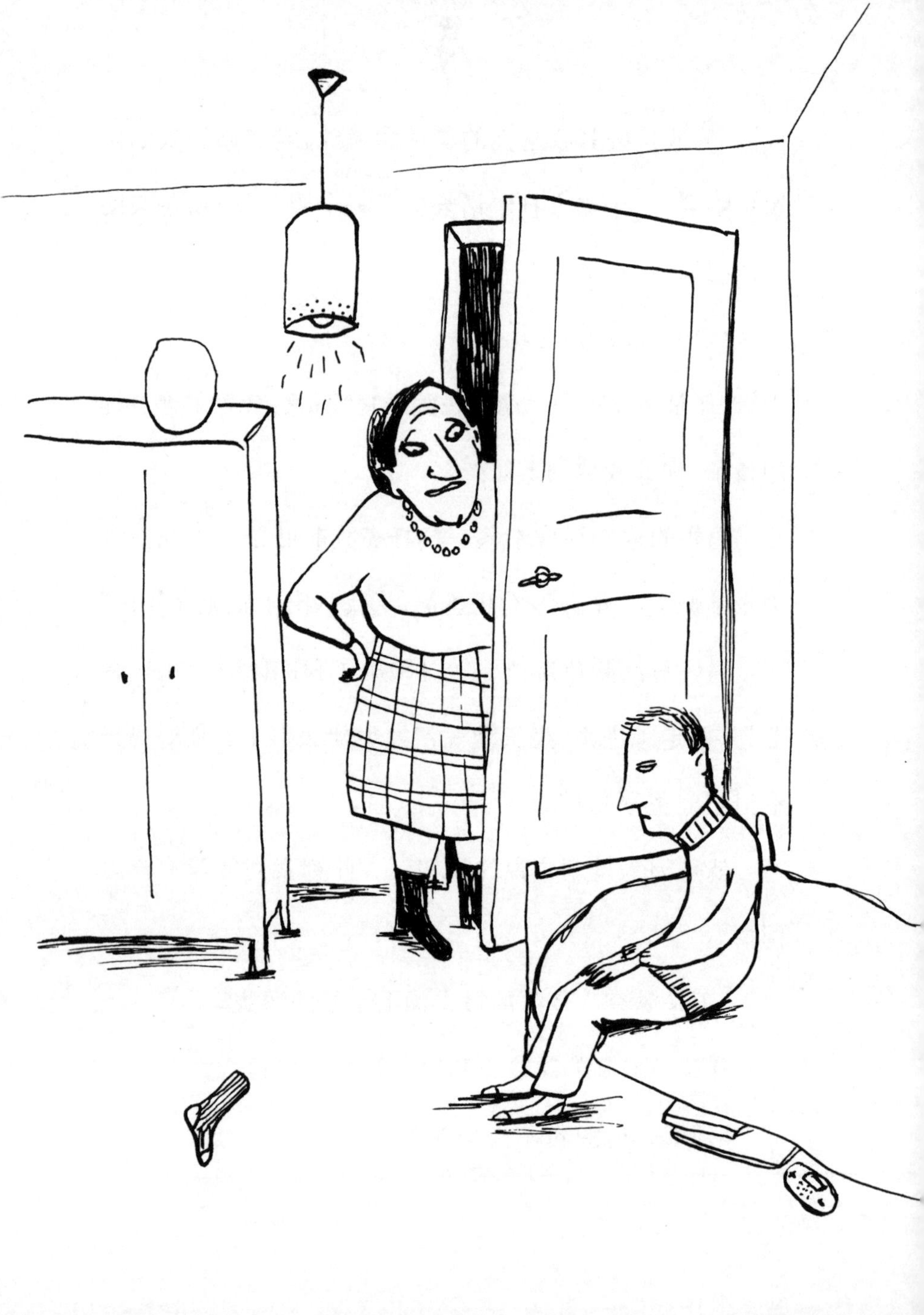

"啊！不要再烦我了，我什么也不知道！"

"真是莫名其妙。这个名字出现在一部手稿的结尾。打电话来的人还说那是部很有意思的作品，是对哪个哲学家的评论来着，好像是笛卡儿……"

"斯宾诺莎！"

"对，就是斯宾诺莎！看来你知道了？"

"他还说什么了？"

"这要问你妈妈了。打电话的人想见见马克·伍尔夫。我想……能请你解释一下吗，萨沙？"

我看着外婆，心想该是真相大白的时候了。我让外婆坐到床上，在讲故事之前，我先告诉她，这个故事的开头可能会吓到她，但希望她能听完整个故事再说话。她答应不会打断我。

"好吧，新学期开始后，我回到学校……"

可怜的外婆，在听到我和马蒂亚斯谈话的时候，她的脸都扭曲了；当我说到警察来了的时候，她的脸又变得惨

白；紧接着，在听到地窖里的惊魂一幕时，她开始汗如雨下；在我说到我在咖啡馆干活儿时，她一脸愤怒；直到我讲到在咖啡馆里吃到了巧克力和蛋挞、斯宾诺莎辅导我学习这些事时，外婆的眉头才终于舒展开来；最后，在听说我去见出版社编辑时，她激动不已。

当我告诉她我的考试成绩和爱玛为我写的歌时，她再也控制不住自己，高兴得拍手欢呼起来。正当我露出得意的微笑时，她突然意识到自己作为外婆，应该对这段故事里的一些细节进行批判。于是，她立刻转变了态度，愤愤地看着我，但是见我低下头来，她又于心不忍地说："可怜的萨沙，很抱歉，你历尽煎熬的这段时间，我都在照料自己的花园。放心吧，我会去和你妈妈解释的。相信一切都会好起来的。"

至于妈妈，我虽然笑着说可以与她和解，但自从她说出那句话，我们的距离就被拉开了好几公里，而我不想朝她前进一步。

在外婆离开快两个小时之后,终于有人来敲我的门。妈妈走进来,双眼红肿。我很想抱抱她,安慰她,但是我想起了她说的话,心头一紧,又转过身去,背对着她。她把手放在我的肩膀上。

"萨沙,我想我们应该谈谈。"

"我没什么好说的。"

"我有……你想听吗?"

"如果是对我大吼你想生个更好的儿子,那不如不说。"

"很抱歉,我不是那个意思。"

"但我觉得那很像你的心里话。"

"我当时正在气头上。因为最近一段时间,你对我隐瞒了太多事。"

"你不是也从我出生起,就对我隐瞒着一件事吗?"

"我明白你的心情。但这件事给我带来的困扰是你想象不到的。"

"那你为我考虑过吗？"

她直视着我的眼睛："从你出生以来，我没有一天不在想，萨沙不知道自己的爸爸是谁该有多难过。"

这是我第一次从妈妈嘴里听到"爸爸"这两个字。我突然觉得自己像棵树一样，脚下开始生根。

"你知道吗，萨沙，我认识你爸爸的时候才十七岁。当时，我们正在上高中。我们疯狂地相爱后，有一天我发现自己怀孕了。他听到这个消息，毫不犹豫地向我保证会对你负责，但这件事遭到了他父母的反对。因为他们早就为自己的儿子制订了宏伟的人生规划，而你的出生会成为这个规划实施的障碍。于是，在高中毕业的那个暑假，他们把你爸爸带到了国外，并且告诉他孩子没有保住。等你爸爸从国外回来后，他不肯再接听我的电话。"

"为什么你不写信告诉他实情？"

"我已经崩溃了，我怕他会认为这是谎言。当然，也许

他是为了摆脱我才故意这样做的。无论如何,我既然决定把你生下来,就会努力把你养大。而且外婆很伟大,她不仅没有责怪我,还全心全意帮助我。这就是事情的全部。"

"你没有想过再联系他?"

"没有。我已经绝望了……"

妈妈急促地呼吸着,胸口剧烈起伏,仿佛快要窒息一般。此刻,就算我脑袋里还有十亿个问题,我也不想再追问了。她递给我一个小本子。

"给你,这里面有你爸爸的信息。你的爷爷奶奶还住这个地址。里面还有我们以前的合影,以及我在你出生后写的一些东西。写这个本子的时候我在想,要是我将来发生不测,至少你不会对自己的身世一无所知。"

"妈妈……"

"我还没说完。"

她已经精疲力竭,我感觉她在用最后一丝力气说:"我真不愿意回想起你和那位斯宾诺莎先生相遇的时刻。

只要一想起来,我就背脊发凉。但如果一切真如你外婆所说,那我对这个人就太不公平了。所以,萨沙,我想找他谈谈。今天我们都敞开了心扉,我想明天早上我们可以一起去看望斯宾诺莎先生。"

我扑进了妈妈的怀里,紧紧地抱住她。有趣的是,我不知道自己是不是在这两个星期里长大了,因为我感觉妈妈好像变小了。我们俩拥抱着哭了很久,但好像还是哭不够。最后,外婆来看我们谈得怎么样时,也加入了我们。

就这样,在科里纳斯家,儿子、妈妈和外婆抱着哭成了一团。

10. 手中的幸福

第二天,我像只跳蚤一样兴奋地带着妈妈来到咖啡馆。我整晚都没有睡好,一直在做梦。梦中,我到市政厅去取身份证,柜台里的女孩给我的不是塑料卡片,而是一张巨大的羊皮纸!我正想问她我的身份证怎么这么大时,国王来了,还给我戴上了圆桌骑士勋章。真是太奇怪了!

我从梦中惊醒后,再也无法入睡。黎明前的几个小时,我都在想象妈妈和斯宾诺莎见面时的情景。

早上,我们推开咖啡馆的门时,斯宾诺莎正背对着我们。我用力大喊:"不敢相信,竟然有人动了我的杯子?!"

斯宾诺莎转过身,高兴得大叫:"萨沙!"

然后,他看到我妈妈,表情立马僵住了。

妈妈微笑着对他说:"我今天来是为了请求您的原谅,原谅我上个星期说了那么多伤人的话。我不知道您为我的儿子做了这么多事。"

"不用道歉,夫人。"他温和地说,"您是为了保护萨沙。如果我是您,我也会这么做的。您愿意坐下来喝杯咖啡吗?"

"当然。不过,您要向我保证我没有打扰到您。"

"您真会开玩笑,这是我的荣幸。"

我可不想再听他们这么客套地推来让去——"没有关系""我没做什么"……我想问他们:"你们怎么了?能不能正常一点儿说话?我们可不是在拍宫廷纪录片……"

还好,很快他们就恢复了正常的语气。我告诉妈妈,

上次汤姆和爱玛盯梢失败,被斯宾诺莎提了起来。他们双脚在空中乱蹬,脸上写满了惊恐,场面滑稽得要命。

我们大笑着。妈妈看表的时候,我感觉好像才过了五分钟。

"天哪,已经十二点半了!您的客人等着您开饭呢。我们要走了。"

"我有一个请求。"斯宾诺莎很绅士地说。

"请讲。"妈妈回答。

"能不能请您母亲也来这里一起吃午餐?"

我笑出声来。"您母亲",他不能像大家一样叫她外婆吗?

"萨沙,你觉得呢?"妈妈低声问我。

"当然好啦!"

一个小时后,我们围坐在咖啡桌旁,一起吃饭。刚开始,外婆对斯宾诺莎还很冷淡,但是,很快她就被斯宾诺莎的善良和幽默融化了。斯宾诺莎讲笑话的时候,外婆会

咯咯地笑起来,甚至还去厨房为斯宾诺莎做了蘑菇煎蛋。

我对妈妈说:"你觉得让他们这个年纪的人在一起合适吗?"

她哈哈笑着说:"你的外婆就像个小姑娘,她可以随心所欲地生活。六十三岁,一切皆有可能。"

在吃餐后甜点时,妈妈突然站起来,用餐刀敲击玻璃杯示意大家安静一下。

"打扰大家了。最近发生了很多事,但我们家的每个人都得到了成长。萨沙通过努力考到了第三名,我呢,终于被正式任命为市场部经理了!"

话音刚落,大家就热烈地鼓起掌来。斯宾诺莎打开一瓶香槟酒,给我们每个人都倒满一杯。

"为市场部经理和可爱的第三名,干杯!"

"干杯!"

"干杯!"

"万岁!"

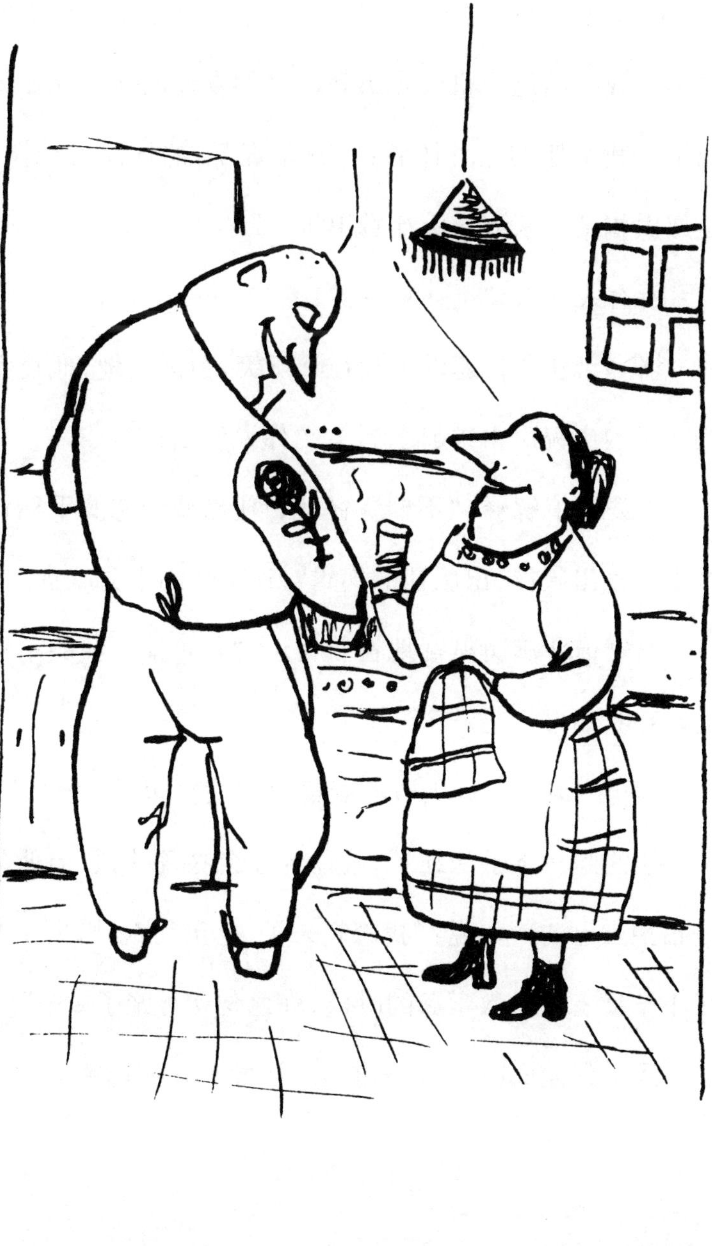

咖啡馆里的客人们一齐鼓掌庆贺，这是多么珍贵的时刻。我要趁这个机会告诉我的老朋友他的著作就要出版了。我给他倒上一杯酒："为《伦理学》的评注者干杯！这部手稿被一家大出版社看中了！"

所有人齐喊："干杯！万岁！"

斯宾诺莎开始还以为我在开玩笑，但渐渐地，他在我们欢乐的庆祝声中皱起了眉头："你说什么？"

外婆连忙解释："不要责怪他，他偷偷把您的手稿投给了一家出版社，出版社的编辑对这部作品十分欣赏。"

斯宾诺莎满腹狐疑地看着我说："不可能。我的手稿还躺在我的书桌上。"

我再次装出一副天真的表情说："我复印了一份。"

他的脸一下子涨红了，我以为他会打我一顿，但他只是拍拍自己的额头说："我想起来了。上星期六，当另一个坏小子缠着我讲数学题的时候，你急匆匆地跑了……"

我走到他面前，耷拉着脑袋，活像一只在地毯上撒了

尿的小狗在恳求主人的宽恕。

"你没生气吧?"

"没有。我只是不敢相信自己会被两个坏小子骗了。你快讲讲这是怎么回事吧。"

我把拿手稿、复印、见出版社编辑的全过程给他讲了一遍。他叹了一口气说:"难以想象,你怎么会有这样的主意?"

我得意地回答:"这就是天才吧,没办法。"

妈妈把出版社的联系方式给了斯宾诺莎:"编辑想和您通话。他好像急着要见您。好了,我们也该走了。非常感谢您请我们吃这么丰盛的午餐。还有其他的,我不知道该怎么感谢您……您就像萨沙的外公一样。"

"对。"外婆补充说,"如果我的丈夫还在世,他也会像您这样爱护萨沙的。"

"好吧。"我在她们收拾东西时说,"我……我还有杯子要洗,还有数学题要做。"

然后,我走到了柜台后面。实际上,我留下来还有一个原因。我带来了妈妈给我的小本子,上面有我爸爸的信息,我想问问斯宾诺莎的意见。

"我该怎么办?"在给他讲述了整件事之后,我问道。

"傻孩子,第一个问题不应该是'我该怎么办',而是'我想要什么'。"

"我想要找到我的爸爸。"

"很好。但你有没有想过他可能不知道你的存在?他可能已经结婚了或者一开始并不想见你呢?"

听完这些话,我的心立刻被悲伤淹没。

"萨沙,我不是为了让你泄气才这么说。我只是想让你在寻找爸爸之前,先想清楚所有的可能性。这样,即使遇到令你失望的情况,你也可以平静地去面对。如果你准备好了,我会帮助你的。我以《伦理学》向你保证,不管你的爸爸在哪里,我们一定会找到他。你想想,从我认识你

开始，你成功地得到了所有你想要的：提高学习成绩，得到爱玛的信任，将我的手稿投给出版社，说服你的妈妈和外婆重新认识我。更重要的是，儿子，你让我发现了我也有爱的能力。"

当他说完最后这句话时，他的嗓音都沙哑了。我觉得他就要哭出来了。于是，我走到他面前，抱了抱他。但这时，他突然在我耳边叫嚷道："这些放在水槽里的杯子是怎么回事？你缠着我做什么？快干活儿！不，我在做梦……这个人，他以为自己在哪儿？"

这个老头儿，他总是随心所欲地大喊大叫，真是怕了他了。

对，我要准备一下。等我准备好，我就去找爸爸。现在，我不再害怕，因为我知道，斯宾诺莎就在我的身后，每次只要我靠近悬崖，他一定能把我拉回来。